崖っぷちΩは未来の伯爵をモノにする

若月京子

illustration:
こうじま奈月

prism bunko

CONTENTS

崖っぷちΩは未来の伯爵をモノにする

★　★　★

レスリー・クラークは、ダンジョン都市レグノの市長の三男として生まれた。

とはいえ、二人の兄はアルファ、レスリーは男でも子供を産めるオメガだ。父は男爵でもあるので、レスリーは辺境伯《へんきょうはく》の嫡男《ちゃくなん》と婚約し、嫁ぐのが決まっている。

婚約者であるアルヴィンは未来の辺境伯で、眉目秀麗《びもくしゅうれい》、頭も良く、魔力も多い将来有望なアルファである。

レスリーは子供の頃から四歳年上のアルヴィンに憧れ、大好きで――婚約者でいられるのが嬉しくてたまらなかった。

けれど、十五、六歳で結婚することが多いこの世界で、レスリーは婚約者のまま十八歳の誕生日を迎えてしまった。

家族みんなにお祝いされて、アルヴィンもプレゼントを持ってきてくれたが、忙しいとのことで滞在したのはほんの十数分……まだ帰らないで、もっといてとお願いしたのに、アルヴィンはそっけない態度で帰ってしまった。

レスリーの中にずっと抱え込んでいた不安が、大きくなる。

それでも両親にアルヴィンは今忙しいんだからと慰められ、たくさんのプレゼントをもらい、ベッドに入って――夢を見た。とてもリアルな夢。

その夢の中のボク――オレは、平たくて特徴のない顔の大学生。黒い髪、黒い瞳で、色合いまで地味だ。似たような色彩を持った人々の中に埋没する地味さ。顔も地味だが存在も地味で、しかもそれが楽でいいなんて思っている。

そこそこの小金持ちの家に生まれ、生意気だが可愛い妹がいて、家族仲も円満。ごく普通に大学生活を楽しみ――信号無視の車に撥ねられたのが最後の記憶だ。たぶん死んだんだなぁと、他人事のように考える。

だって、これは夢だから。すごくリアルで細かいところまでありありと思い出せるけど、夢のはず。けれどオレはそれを、懐かしいなと回想した。

リビングのソファーにどっしりと腰かけて専門書を読んでいる父親。パタパタと忙しそうに動き回って料理を作っている母親。すっかり美容に目覚めた妹は、オレに手伝わせてシャンプーやら化粧水なんかを作っている。

うちは仲良し家族で、休日も一緒に過ごしたりしていたから、二十年の思い出の大部分が家族で占められていた。

（……ああ、本当に懐かしい……）

そうして思う存分過去を懐かしみ、パチッと目が覚める。

ドーッと流れ込む、記憶の渦。あれは夢じゃなく、オレの記憶――前世の自分だと分かる。あまりにも記憶が生々しくて、今、この世界に生きている自分との融合が難しい。世界観が違い、育った環境が違い、家族のありようも違う。何よりこの世界のボクはオメガという第三の性別であり、目を瞠るような美少年だ。

キラキラと輝く金色の髪と、青と緑が混じった宝石のような瞳。抜けるように白い肌に赤みの強いプルンとした唇――すべてが完璧な作りであり、天使のような美しさだ。

(……でも、この性格はない！　オレってば、ヤバいほどわがままで頭の中はお花畑。痛い目を見る一歩手前って感じっ)

オメガということで両親と祖父母とに甘やかされ、わがままで高慢に育ったレスリー。婚約者は辺境伯の嫡男であるアルヴィンだ。

(見た目良し、頭良しの戦える超イケメン……オレ、わがままで高慢だからめちゃくちゃ嫌われてたけど、お花畑のボクちゃんは全然気がつかなかったなー)

格好いい人が婚約者で嬉しくて、自分の美少年っぷりに自信がありすぎて、アルヴィンの冷たい視線を「クール！」という感じで喜んでいた。

(イタい……オレってば、めちゃくちゃイタいやつ……)

前世が地味男だったから、美少年に生まれたのがよほど嬉しかったのか……両親と祖父母の甘やかしっぷりが悪かったか……。

（あれだけ甘やかされたら、誰だってわがままに育つよなぁ。あれって、優しい虐待ってやつじゃないの？　兄様たちは厳しく教育しといて、ボクには甘々だったもんねぇ……ん？　なんか、記憶と意識が融合してきたぞ）

考え事をしているうちに、乖離していた前世の自分が、今の自分にうまく溶け込んできた気がする。二十年分の記憶があまりにも膨大で、前世のオレに意識の大半が持っていかれていたが、だんだん今のボクにオレが吸収されていっている。

（……それにしても、どうして前世のことなんて思い出したんだろ？）

あれこれ考えてみて、今の自分があまりにもダメダメだから、このままじゃ破滅すると本能が危機を感じたのかもしれないという結論に至る。

実際、両親と祖父母はレスリーに甘々だが、兄二人は冷たい視線を向けてくるし、使用人はうんざりしているし、友人は一人もいない。婚約者はレスリーを嫌い、婚約破棄か軟禁子産みマシーン化を狙っていそうだった。

それなら婚約破棄のほうがマシだが、破棄されて家に残るとなったとき、自分を嫌っている兄に実権が移ったらそうそうに家を追い出されるか、誰でもいいからと嫁に出されるのは目に見えている。

（まずい、まずい、まずい。ボクのバカーッ！　美少年でオメガだからって、調子に乗りすぎっ）

やらかしすぎて、どこから手をつけていいのか分からない。どう挽回すればいいのかうんうん悩んでいると、ノックの音とともにメイドが入ってくる。

「おはようございます、レスリー様」

カーテンを開けながらも、メイドはレスリーから目を離さない。というのも、寝起きは機嫌が悪いことの多いレスリーが、「眩しい！」とか「まだ寝る！」と物を投げたりするからだ。

思いっきり自分のことを警戒しているメイドに、レスリーはこれまでのことを土下座して謝りたくなる。けれどそれではあまりにも別人すぎるので、力なく笑いながら言う。

「あー……おはよう……」

「えっ!?」

ビクッと慄く姿に、そういえば挨拶を返したこともなかったっけと落ち込む。

（ダメダメだ。本当に、ヤバいレベルのダメダメさだ……）

レスリーの意識に溶け込んだ、前世の常識。平凡な地味男として生きてきた記憶が悲鳴をあげる。

(顔が良くて甘やかされまくると、ダメ人間に育つんだなぁ。ジジババっ子の三文安どころか、両親までだし……)

レスリーは溜め息を漏らしながら起き上がり、テーブルの上に用意されていた服に着替えようとする。

「まぁ!!」

またもや驚かれたのは、いつもは寝間着を脱ぐのも、服を着るのもメイド任せだからだ。

(十八歳でこれはマジでヤバい……)

「あー……自分で着替えるし、ダイニングにも一人で行くから下がっていいよ」

「え？　でも、お顔は？　御髪は？」

「自分でできるよ」

「えええっ!?」

そんなことでいちいち驚かれるとイラッとするが、これまでの自分の生活態度のせいなので文句も言えない。朝からごっそり精神力を奪われた状態で、いいから大丈夫と部屋から追い出した。

やれやれと着替えて顔を洗い、髪を梳かす。鏡でおかしなところはないかと確認して、

「うーむ。しみじみ美少年……」と呟いた。

アルファとベータ、オメガという三つの性があるこの世界で、希少種であるアルファとオメガはとても美しく生まれる。

アルファは美貌と頭脳、身体能力も秀でた最上位種であり、オメガはそのアルファさえ魅了する美貌と、妊娠に特化した体となっている。

子供が生まれにくいアルファは、アルファ同士だとよくてアルファの子が一人――子供ができないことも多い。ベータ相手だと二人、三人と生まれたりするが、生まれるのはほぼベータだ。

アルファよりさらに生まれる数が少ないオメガには、厄介な発情期がある。うっかり突入すると、アルファやベータの、男女構わず誘惑してしまうフェロモンを発する。

これにはアルファですら抗えない強制力にも似たものがあり、過去にはフェロモンで王族や高位貴族を誑し込んだりもしたらしい。それくらい危険なフェロモンなので、きちんと発情期を抑える魔法薬を飲まないで発情したものには罰則があるほどだ。

けれどオメガは――妊娠に特化しているといわれるだけあって、二人から五人くらい生むのが普通で、アルファが相手の場合、生まれる子供は大抵がアルファかオメガとなる。

それゆえアルファはオメガを求めるし、特にアルファの跡継ぎを欲する貴族はオメガを娶りたがった。

引く手あまたのオメガは甘やかされて育ちがちで、レスリーの場合はそれが過剰というわけだ。

困ったものだと思いながらダイニングルームに行くと、両親と長兄のレジナルドがいて、飲み物を飲んでいた。

「あら、レスリー。今日は早いわね」

「うん。なんか、目が覚めちゃって」

というよりは、駄々を捏ねずに自分で着替えたからなのだが、説明が面倒くさい。

レスリーが自分の席につくと、すぐに果実水が運ばれてくる。そして次兄のレノックもやってきて、すでに座っているレスリーを見て珍しいなと呟く。

家族全員が揃ったところで焼きたてのパンと、目玉焼きとソーセージが運ばれてきた。

ダンジョン都市であるレグノには人も物も集まってくるので、食糧事情はいい。たくさんの魔物がいるダンジョンでは、魔物を倒すといろいろな品がドロップ品として手に入れられる。

レッドボワという猪を巨大にしたような魔物を倒せば、肉や皮、牙といったものが手に入るのである。

肉は食用に、皮や牙は加工して防具や武器、生活用品にも使われたりする。

強い魔物になればなるほど高額で買い取ってもらえるので、冒険者たちがレグノに集まってきて一攫千金を狙っていた。

他の町では畜産や養蜂もしているらしいが、町壁の中は土地に限りがあるし、外となると魔物に奪われることもあって生活は大変なようだった。

たくさんの冒険者で活気のあるレグノにはあちこちから商人もやってくるので、食材も調味料も豊富である。

おかげでクラーク家の食卓は豊富だし、防腐剤や化学調味料の類いを一切使っていないので、このソーセージも肉汁たっぷりでとても美味しい。

(日本ほどじゃないけど、ご飯は美味しいよな～)

ただ残念なことに、甘味が発達していない。砂糖やハチミツが高価だからだ。レグノではドロップ品の中にハチミツがあるのでお手軽価格で手に入るが、紅茶に入れたりパンにつけたり、クッキーを焼くくらいしか使い道がない。

(いや、でも、それでよかったのかも。でなきゃ、すっごいデブデブになってた気がする……甘やかされた坊ちゃんだったからなぁ)

顔しか取りえがないのに、でっぷり太ったらそれも台無しだ。運動は嫌いだし、着替えや入浴さえメイドに任せるくらいだから、きっと際限なく太っていたに違いない。

とりあえずご飯が美味しくてよかったと思いながら食べていると、母親に「レスリーちゃん、今日はお喋りしないのね。具合が悪いの？」と聞かれる。

「ううん、元気だよ～。大丈夫」

「そう？　それならいいのだけれど、レスリーちゃんに元気がないと寂しいわ」

母親の言う「お喋り」は文句ばかりで、「またこのパンか～」「とか、「目玉焼き飽きた」とかなのに、親バカってすごいな～と感心する。

（朝から文句なんて、ボクならイラッとするけど……いや、言ってたの、ボクなんだけどさ。毎日毎日、不平不満の塊だったなー）

兄たちがうんざりして嫌うのも分かるわ～と、納得のうざさだ。小さい頃は可愛がってもらっていた記憶があるが、レスリーがわがままになるにつれて疎ましく思われるようになっていった。

（とりあえず兄様たちの心象を良くしないとな～。このままじゃまずい）

アルヴィンに婚約破棄か、子産みマシーンとして飼い殺しにされる未来が見える。

オメガがアルファに嫁ぐのは当たり前のことだから、子産みマシーン化されても守ってくれなさそうだし、アルヴィンがダメなら他を見つくろわれてしまう。

（おおおぉぉ。ヤバい、ヤバい。もうわがままをやめて、おとなしくしてればいいっていい

う段階じゃないよな。積極的にポイントを稼いでいかないと……前世の知識で、役に立つことないかな～）

理系の大学に通っていたし、母親と妹にいろいろ手伝わされたから、料理と美容関係はそこそこ使えそうな知識がある。

（……あ、ちょっとスキル見てみようっと。もしかしたら変わってるかも）

レスリーのスキルには鑑定と水魔法がある。どちらも商人にとっては大変有用なスキルで、特に鑑定は垂涎の的だ。貴重なオメガでなかったら、大店の商人に嫁入りしていたかもしれない。

（鑑定、鑑定っと……お？　なんか、レベル上がってる。前世の二十年分が加算されたのかな？　でも、相変わらず体力と攻撃力は少ないな～。その代わり魔力と防御力が上がってる……魔力なんて、どえらい数値だぞ。前は３０００千ちょいで魔力が多いって褒められたけど……９９９９って何？　これ、魔力の上限？）

魔力が増えるのはいいことだが、こうも異常な数値だと逆に不安になってしまう。

（どうなってるんだろ……って、やっぱり新しいスキルがついてる。『異世界料理人』と『美容の神様』って、人に見られたらまずい感じ……）

「異世界」という単語もまずいが、それ以上に「美容の神様」ってなんだという感じだ。

（この世界って、美容レベル低いもんなぁ）

石鹸すらないし、シャンプーもリンスも化粧水もない。化粧品だって、肌に悪そうな白粉と口紅くらいだから、女性はかなり素材勝負になる。妹のように、「地味でも化ける詐欺メイク」なんて絶対に不可能な世界だ。

（衛生的にもなぁ……定期的に食中毒とインフルエンザみたいな流行病が出るのはよろしくないぞ。そもそもうちみたいに浴槽があるお風呂って、すごい贅沢なわけだし。うーん……とりあえず石鹸作ろうかな〜。あと、蜜蝋があるから、ハンドクリームでも）

何が必要か頭の中でリストアップして、食事を終えて紅茶を楽しんでいる父におねだりをする。

「父様〜。欲しいものがあるんだけど」

「うん？　何が欲しいんだ？」

そこでレスリーが欲しいものを言うと、父親の顔がなんとも珍妙なものになる。てっきりお小遣いか服、宝飾品と思っていただろうに、灰だの干した海草だのを挙げられてキョトンとしていた。

（さすがアルファ様は、そんな顔してもイケオジだね〜）

「レスリー、どうしてそんなものが欲しいんだ？」

「んー……ちょっと作ってみたいのがあるんだよね。石鹸なんだけどさ」

「石鹸？」

「手や体を洗って、綺麗にするもの。これで清潔にしてると、食中毒や流行病が減るよ。夢のお告げで作り方が分かったから」

「ほう……夢のお告げか」

「うん。夢のお告げ」

魔法が普通に使える世界なので、夢のお告げも子供の戯言とは見なされない。聖女なんていう存在がいて、ときおり神のお告げを聞いたりするからだ。なので父もスッと市長の顔になり、「分かった。すぐに手配しよう」と言う。

朝食のあとはそれぞれやることがあって、暇なのはレスリーと母だけだ。守られる存在であるオメガには、仕事など割り当てられない。

なのでリビングでゴロゴロしたあとでの昼食も、母親と二人で軽く食べることになった。

朝のパンを薄くスライスしたものと、肉と野菜を炒めたもの。味つけは塩と胡椒だ。シンプルだが、肉も野菜も味が濃くて美味しい。

食後の紅茶を飲んでまったりしていると、父親に頼んでいたものが届いた。

「早っ！」

どうやら父親は最優先で取り寄せてくれたらしい。

「レスリーのお願いだからね。それに夢のお告げとなると、レスリー以外でも最優先案件だよ。手伝いはいるかな？」

「欲しい。持ってきてもらった海草を焼いたりするから」

「海草を焼く？　不思議なことをするな……それなら、火魔法が得意なレノックに手伝わせよう。作り方を秘密にするために、結界を張らせて。レスリーが怪我したら大変だから、指示出しだけしなさい」

「はーい」

次兄のレノックの不機嫌な顔が目に浮かぶ。悪いな〜とは思うが、こういう作業は嫌いじゃなさそうだからまぁいいかと思った。

「一人で大丈夫か？」

「うん」

父親が出ていってしばらくすると予想より遥かに不機嫌な顔のレノックがやってくるが、レスリーは気にしない。

「どこに結界を張るんだ？」

「庭かな」

レノックと一緒に庭に出て中が見えないようにする結界を張ってもらい、まずは火魔法で加減しながら海草を焼いてもらう。あれして、これしてと指示をして、ドロドロになったものから上澄みを作るために一晩置くことになる。

小学生のとき、夏休みの自由研究で昔ながらの石鹸作りをしたから、苛性ソーダなしの作り方を知っていた。

「これが、石鹸？」

「まだだよ。明日まで置いて、上澄みを使うんだ」

「ふんっ。役に立つって言うが、信じられないな」

「うーん……効果があるってすぐに分かるものじゃないからなぁ。やっぱり、シャンプーとリンスも作ろう。あと、化粧水と乳液……こっちのほうが分かりやすいか。よく見ると、髪の毛パサついてるし、傷んでるし……お肌もかさつき気味？」

あまりの美少年っぷりに驚くばかりだったが、見慣れてくると万全とは言えないのに気がつく。肩を越える長さの髪には潤いがなく、枝毛もあった。

「これはもったいない気がする。シャンプーやリンスが必要だよなぁ。それに化粧水や乳液も。磨き上げてニコニコしてれば、マイナスポイントもプラスになるだろうし」

レスリーがブツブツと呟いていると、レノックが不機嫌に聞いてくる。

「おいっ。俺はまだお前に付き合わないといけないのか？」

「今日はもういいけど、明日またよろしく。ちゃんと役に立つものを作るから、付き合って」

「……レスリーのくせに、なんだかまともなことを言ってるな」

「失礼だな～と言いきれないのがつらい。兄様、ボクのわがままで割り食ってるもんねぇ。いや～、なんか本当にごめんなさいって感じ」

「……なんだ？　お前が謝るなんて気持ち悪いな。しかも言葉通じてるし」

「すごい言われよう……まぁ、そのあたりもすみませんってことで。とりあえずボクの夢のお告げの作り方が内緒っていうのは父様の言いつけだから、手伝いも兄様にしかできないんだよねー。文句があるなら父様に言って」

「言えるかっ」

「だよねー」

父親は、若い頃は冒険者の頂点ともいえるSS級まで上り詰めた。強力な攻撃魔法に加えて策を練るのも得意で、そこを買われて三男にもかかわらずクラーク男爵家の跡を継いでいるのである。まだB級の兄にとっては信じられないレベルで、絶対に逆らえない相手らしい。

「それじゃボクは、料理長に蜜蝋をもらいに行くから。ついでにハチミツでなんかお菓子でも作ろうっと」

「お前、料理なんてできないだろうが。それも夢のお告げとやらか？」

「あー…うん、そんな感じ。甘いの、食べたい」

「……俺も行こう。お前がケガするとまずい」

二人で厨房に行って、夕食の仕込みをしている料理長にオーブンを使わせてくれとお願いする。そして小麦粉やバター、ハチミツなどをもらってマフィンを作った。

焼きたてをレノックと料理長にも渡して、味見をしてもらう。

「……ん。熱々マフィン、美味し〜い」

「むむむっ。なんだ、これ！　めちゃくちゃ旨いじゃないか」

「でしょ〜？　熱々のこれにバターを乗っけると、激旨なんだよ。料理スキル、信じた？」

「これなら、信じるしかない。初めて食う菓子だ。むむむむむ」

「父様たちにも持っていってあげようっと」

「そうだな」

頷きつつ、甘党らしいレノックは自分用にと三つ確保している。

レスリーはマフィンを皿に載せてオヤツだよ〜と両親や長兄に突撃し、これは旨いと驚かれる。レスリーとしては、夢のお告げのおかげで料理スキルを持てたと信じてもらえてしめしめである。

けれど父親はマフィンにかぶりつきながら何やら考え込んでいて、それがちょっと気になるな～と思うレスリーだった。

★
★
★

翌日は、昨日の灰の上澄みを使って、庭で石鹸作りをする。魔道具であるコンロを使ってグツグツと煮込んだ。

妹の趣味に付き合わされただけだが、石鹸やシャンプー作りは化学だ。もともと凝り性なので、小学生のときの自由研究でも満足できるまで何度も作り続けたのが役立つ。

今なら化学的にどういうものか分かっているから、より良いものを作る自信がある。

「ハチミツや蜜蝋なんかはダンジョンで手に入るからいいけど、香料はないんだよなぁ。とりあえずハチミツをギルドに依頼して、たくさん手に入れてもらおうっと」

市長である父親のおかげで、素材はいくらでも手に入る。

レスリーは浮き浮きしながら石鹸を作った。

（んー……もしかしてボクが人に当たり散らしていたのって、暇すぎてイライラしてたのもあるんじゃないの？　この世界、娯楽がほとんどないし、過保護両親と甘々ジジババのせいで仕事もやらせてもらえないし。本はわりと高価で、実用書ばっかりで面白くないもんなぁ）

リバーシやトランプといった娯楽品も作るべきだろうかと考えながら石鹸を作り上げる。

その場で実際に手を洗ってみて、悪くないとレスリーは頷き、レノックは泡が立つと感心する。

「これが石鹸？」

「うん。兄様も、ちょっと手を洗ってみて」

水魔法で水を出してレノックの手を濡らし、石鹸を泡立てさせる。

「おお、泡だ！　ヌルヌルするなー」

「指の間や爪の中もしっかり洗って――流すよ」

水で泡を洗い流させ、感想を聞く。

「どう？」

「手がスッキリした気がする。これで手が綺麗になってるのか？」

「目に見えない汚れが落ちてるんだよ。外から帰ってきたときや、ご飯前にはこれで手を洗ったほうがいいよ。風邪や食中毒になりにくくなるから」

「ふーん」

効果がはっきりするまで時間がかかるものだから、レノックの返事は気のないものだ。

「本当なんだって。父様のところにも持っていこーっと。兄様も来て。実際に使ってみた感想、よろしく」

レノックを連れて父親の執務室に突撃し、できあがった石鹸を見せる。

「父様～。石鹸、できたよ」

「ふむ……これが石鹸とやらか」

「うん。これで手や体を洗うと汚れが落ちるんだよ。試しに手を泥だらけにして、水だけで洗うのと比べてみてほしいな」

「分かった。あとでやってみよう」

「家に帰ったときや料理を作る前、食べる前に手を洗うようにすれば、本当に食中毒や流行病が減るから。清潔にするのは大切なんだよ」

「まずは、この町で試してみて、効果があったら領主に進言してみよう。軍部に売るのもいいいな」

「父様には作り方を教えるけど、他に秘密にしたいなら、分業制にしたほうがいいよ。全部の過程を知る人間を少なくするんだ」

「なるほど」

父親は頷き、ふうっと吐息を漏らす。

「……さて、やはり聞かんといかんな。レスリー、本当は何があった？　夢のお告げどころではない何かが、お前に起こっただろう」

「うーん……さすが父様。分かる？」

「分からないはずがない。甘ったれのわがまま息子が、ずいぶんと変わったからな」

その言葉に、レスリーはぷうっと頬を膨らませた。

「甘ったれでわがままなのは父様たちのせいでしょ。いくらオメガは頭が空っぽのほうが扱いやすいからって、やりすぎだから」

「ほう。それが分かるようになったか。本当に、何があった？」

そこでレスリーは、前世を思い出したこと、前世は学生だったことを告げる。

「石鹸の作り方なんかは、そのときの知識だよ。ボクの住んでた国は清潔第一、毎日シャワー……ええっと頭からお湯をかぶったり、お風呂に入って髪と体を洗ってたんだ」

「もっと有用な知識もあるのではないか？」

父親の質問の意図は分かるが、レスリーはあえて気がつかないふりでのほほんと答える。

「髪を洗うための専用の石鹸とか、顔のお手入れをする化粧水とかも作りたいんだよねー。あと、暇潰しの遊び道具。食べ物関係も発展してたから、そこは料理長に教えてがんばってもらおうっと」

「武器や魔道具はどうだ？　仕組みがある程度分かっているなら、こちらでも造れるかもしれん」

やっぱりきたかと思いながら、レスリーはうーんと唸る。

「それはどうかなぁ。ボクの国、すごく平和だったから。うちにあった武器になるようなものなんて、料理用の包丁だけだよ。どこに行くんでも丸腰だし」

「ナイフの一つも持ち歩かないのか？」

大きな町はどこもグルリと壁で守られているが、壁の外には魔物がいる。壁があっても鳥系の魔物が外から襲ってくることもあるし、危険が間近にある世界だった。

それゆえどの家でも必ずと言っていいほど、それなりの武器を用意している。包丁しかないというのは、父親にとってかなりの驚きのようだった。

「法律で、大きなナイフは持ち歩いちゃダメっていうのがあったくらいだし。それに魔法もないから、魔道具もないいんだ」

「魔法がない!?」

「そう。ダンジョンも魔物も、魔法もない。そのせいかなぁ？　前世の記憶が蘇って、魔力が上がったよ。向こうで使えなかった分、プラスされた？　そんなレベルじゃない気がするけど……イレギュラーな出来事だから、バグったのかなぁ？」

後半は自分への問いかけで、首を傾げながらの独り言になる。前世での自分にとってダンジョンといったらゲームなので、つい考え方もゲーム寄りになった。

「あ、そうだ。あと、新たなスキルを獲得した～」

「なんと！　どんなスキルだ？」

「料理と美容。前世で結構料理の手伝いをしてたし、妹の美容関係の趣味に付き合わされてたからかな」

「料理と美容……」

目に見えてガッカリする父親に、レスリーはクスクスと笑う。

「ごめんね。父様的には、あんまり役に立たないスキルで。でも町を活気づかせてくれる知識だと思うんだよねー」

「料理と美容か……」

「それで、ハチミツと蜜蝋をたくさん使いたいから、確保してくれる？」

「分かった。昨日の菓子は、売り物になるレベルだったな」

「他にもいろいろ作るから、お菓子屋さんを出すのも手だと思う。うちの町は、ダンジョンのおかげでハチミツがわりと安く手に入るからね」

「ちょっと、考えてみよう」

「うん」

商品になるかといった判断は父親に任せて、レスリーはどんどん好きなものを作っていくことにする。

「シャンプーとリンス……リンスが先かな？　枝毛、あるし。髪の傷み方を考えると、リンスっていうより、トリートメントが欲しい……あと、化粧水と乳液も……」

作りたいものがたくさんある。

レスリーは浮き浮きと材料になるものを父親に告げた。

★　★

石鹸はたくさん作ったから、風呂や厨房などに置いてみんなに使ってもらう。料理人たちには汚れが綺麗に落ちると好評で、これはいいと大いに活用してくれているようだった。

前世の記憶を取り戻してからというもの、レスリーはあれこれ考え続けている。

とにかく今のレスリーにとって最大かつ性急に対応しなければいけないのは、自身の結婚問題だ。

そのために家での価値を上げようとがんばっているのだが、婚約者であるアルヴィンとも会って話したかった。

自分のわがままで子供な態度のせいで婚約破棄か子産みマシーンの瀬戸際にいるみたい

だから、どうせなら婚約破棄をお願いしに行きたいと思ったのだ。

けれどアルヴィンに会うためには父親の許可が必要なので、レスリーは書斎に突入してお願いをする。

「婚約破棄？　アルヴィンが好きなんじゃないのか？」

「好きだよ。でも、今のままじゃ正妻になれないと思う。だからこそ、側妻になってアルヴィン様と他の人が夫婦として並んでいるのを見たくないっていうか……レグノに引き籠もってれば見なくてすむから、婚約破棄してもらって、この家に居座ろうかと思って。ちゃんと儲けを出すから、いいでしょ？　ボクの前世での料理や美容スキルはお金になるよ～。あ、アイデア料として一割くらいもらおうかな。そうすれば一人でも生きていけるし」

「そこまで考えるようになったか……まぁ、今のレスリーならいいだろう。転移室の鍵を渡すから、二、三日遊んできなさい。向こうで料理や菓子を作るのはいいが、作るところを見られないようにな」

「ええ～。どうやって見られないようにするの？　面倒くさい」

「今のお前は、微妙な立場なんだぞ。アルヴィンと結婚しないのなら、金になる情報は向こうに与えないに限る。結婚が決まってからなら、好きにするといい」

「いや、婚約破棄のお願いに行くんだけど……でも、まぁ、そっか……うん、気をつけるね。ボクの生活資金になるかもしれないし」

「そういうことだ。……アルヴィン宛てに一筆書いておくか」

そう言うと父はサラサラと紙に何か書いて封筒に入れる。

「これが転移室の鍵だ。辺境の地では何があるか分からないから、護衛としてレノックを連れていくんだぞ」

「はーい。ありがと、父様」

レグノは辺境伯の領地の中で最重要であり、いざというときの物資の要でもあるので、アルヴィンの屋敷とレスリーの屋敷とは転移石で繋がっている。わがままで子供だったレスリーは、何度か鍵をこっそり使ってはアルヴィンのところに突撃していたため、今は父親が持ち歩くようになってしまった。

レスリーはその鍵と封筒を受け取って、早速行こうとレノックの部屋に行って声をかける。何やら鍛錬していたレノックに、これからアルヴィンのところに二、三日行くから護衛よろしくと言った。

レノックはブーブー文句を言うが、「父様の命令だから!」と返し自室に戻る。それから鞄を引っ張り出し、中に着替えと手土産を入れた。

そしてレノックの部屋に戻ってノックをし、「用意できた～？」と声をかけると、ムスッとしたレノックが出てくる。

二人で転移室に行き、大きな魔石を二つ嵌め込んである魔法陣の中に入った。

アルヴィンの屋敷まで馬車で十日以上かかるはずだが、転移すれば一瞬ですむ。体に負担もなくていいのだが、転移に使えるくらいの魔石を二つ用意するとなると金貨千枚以上する。日本円で考えると一千万円くらいだ。使い捨てではなく繰り返し使えるとはいえ、初期費用を考えるとそうそう設置できるものではない。

無事にアルヴィンの屋敷に転移ができて部屋の外に出てみると、何やらわーわーと騒がしかった。使用人や兵士たちがすごい形相で走り回っている。

「な、何事？」

「何かあったみたいだな」

キョロキョロしているとアルヴィンが走ってきて、レスリーとレノックを見てギョッとする。

「なぜ、ここにいる！」

「えっ、ちょっと話したいことが……」

「魔の森から、マンティコアが三頭も襲ってきたんだぞ！　危ないから、今すぐ自分の屋

敷に戻れ!!」

それだけ言って、屋敷の玄関の方へと走っていってしまう。

怒鳴られたレスリーは身を縮めたが、アルヴィンや屋敷の様子から大変なことが起きているらしいと分かる。

「マ、マンティコア？　知らないなぁ。うちのダンジョンにはいないよね？」

「ああ。かなりヤバい魔物だ。人を模したような気持ちの悪い顔に、ライオンの体。尾には毒針があって、矢のように飛ばすことができる。魔法耐性もあって、討伐しづらいA級魔物だ。それが三頭とは……俺も加勢に行ったほうがいいな。レスリー、絶対外に出るなよ」

「う、うん。分かった。気をつけて」

アルヴィンもレノックもB級冒険者だが、二人とも貴族で冒険者に専念できないからなかなかレベル上げできないだけで、実力はA級といわれている。いつも組んでいるため連携もできて、A級魔物三頭相手となれば、レノックの助太刀は重要だった。

外に出るなと言われたレスリーだが、ジッとしていられない。

マンティコアがどんな魔物なのか、アルヴィンとレノックは大丈夫なのか、心配でたまらなかった。

「どうしよう……どうしよう……」

将来の辺境伯であるアルヴィンの婚約者のレスリーは、この領地や町についても詳しく教えられている。何度か訪れていろいろ見学させてもらっているから、一応は町の造りも頭に入っていた。

レスリーは屋敷の外に出ると、人の波を縫いながら町壁へと辿り着く。そして階段を上ろうとして、兵士に止められてしまう。

けれど幸いにしてレスリーをアルヴィンの婚約者だと知っている兵士がいて、上らせてくれた。

町壁の外では、三頭のマンティコアとの戦いが繰り広げられている。

「あ、あれがマンティコア……思っていたより大きい」

箱入りで育ったレスリーは、本でしか魔物を見たことがない。実際目にしてみると、その禍々しさや恐ろしさは想像以上だった。

「あんなのと戦うなんて……」

鋭い爪や牙は人間など簡単に引き裂けるだろうし、尻尾からは毒針まで飛ばせるという。町に入れまいと果敢に立ち向かっている兵士たちが、マンティコアに弾き飛ばされたりしている。その中にはアルヴィンとレノックもいて、レスリーはハラハラしながら見守った。

二人は結界を張りながら火魔法を繰り出し、風魔法でマンティコアを切り裂き、剣を突き刺している。二人が一頭を相手にしているおかげで、他の兵士たちを残りの二頭に回せていた。

魔法耐性があるというマンティコアに魔法で傷をつけているのは、アルヴィンとレノックのみだ。他の兵士たちの魔法はマンティコアの防御力に敵わないらしく、傷一つつけられていない。仕方なく、剣でのみ戦っていた。

「アルヴィン様、格好いい……」

素早い動きでマンティコアの爪や毒針を避け、確実に傷を負わせていく。手足を痛めつけて、動けなくする作戦らしい。

アルヴィンとレノックの息の合った攻撃でマンティコアの動きが鈍ったところを、アルヴィンが急所を狙って一突きで倒す。

力尽きたのを確認した二人は、すぐに次へと向かった。

マンティコアの爪や牙、毒針にやられた兵士たちが町の中に次々と運び込まれている。回復魔法やポーションで処置を受けていて、大騒ぎだった。

それでもみんな動揺しつつもてきぱきと動いているあたりに、辺境の地で暮らす厳しさが見える。レスリーは知識ではなく、目で辺境伯の大変さを見て取った。

「だからアルヴィン様、跡取りで一人息子なのに、ダンジョンでレベル上げするのか……」

普通の貴族は、嫡男にそんな危ないことはさせない。レスリーの兄たちだって、自分たちの町の要となっているダンジョンだからこそ危険を冒して潜っているのである。

魔の森と隣国が近いこの地では、領主自ら最前線に立つこともあり、アルファのアルヴィンは兵士百人分の働きを期待される。実際、兵士たちが束になっても倒せないマンティコアを、アルヴィンとレノックの二人は着実に傷つけ、倒している。

マンティコアの血を浴び、戦うアルヴィンは勇ましい。レノックも隣でがんばって戦っているが、レスリーの焦点はアルヴィンにのみ当たっていた。

「ああ、なんて格好いいんだろう……」

ダンジョン都市で生まれ育ったレスリーは、逞しい冒険者をたくさん見てきている。父や兄たちだって、高位の冒険者だ。だから社交シーズン中に王都で見る貴族の男たちの優雅さは、弱々しくて頼りないとしか見えなかった。

戦える男、大切なものを自らの力で守れる男しか魅力的に思えない。だからこそレスリーは婚約破棄をお願いしようと来たにもかかわらず、アルヴィンの勇姿にうっとりしてしまうのだった。

二人は二頭目も危なげなく倒し、さすがに総がかりですでに満身創痍になっている三頭目に対しては、兵士たちを守りつつ指示出しして彼らに経験値を上げさせているらしい。

「意外と面倒見もいいんだよねぇ」

そういうところも素敵だと、レスリーの恋心がキュンキュンしている。

（やっぱり、アルヴィン様のこと好きだなぁ。子産みマシーンよりは婚約破棄のほうがマシって思ったけど、できればちゃんと結婚して番になりたいなぁ……）

まだその道は残っているだろうかと逡巡する。

三頭目も無事に討伐できたのを確認して、「あっ、いけない」とレスリーは慌てて町壁を下りる。そして二人が戻ってくる前にと急いでアルヴィンの屋敷に戻った。

執事に応接間に通してもらって、椅子に座って出された紅茶を飲んでいると、血で汚れたままの二人がやってくる。

「お疲れさまでした。無事に討伐できてよかったです」

にこやかに、一生懸命声をかけるレスリーを、アルヴィンが険しい表情のままジロリと睨んでくる。

「ああ、まったくな。とんでもないときに来たものだ」

「おかげで、倒すのが楽になっただろう。A級の連中はどうしたんだよ」

「レグノのダンジョンで、レベル上げをさせている。交代で行かせているんだ。残っているのがB級だけだと、やはりA級の魔物を倒すのは時間がかかるな」

「一頭ならなんとかなっても、三頭はなぁ。俺が来なかったら、結構ヤバかったぞ」

「ああ、その点については感謝する。だが、なんの触れもなく来るのはどうなんだ？」

「いつものレスリーのわがままだよ。まぁ、親父が了解したからこそ来られたんだが」

その言葉に、レスリーは父親から手紙を預かっていたことを思い出す。

執事によって運ばれてあった鞄をゴソゴソと探った。

「あ、そうだ。父様からの手紙……を渡す前に、二人とも血を洗い流してきてください。兄様これ、お土産の石鹸、使って」

「ああ、分かった。アルヴィン、風呂に行くぞ。確かにこのままじゃ、椅子に座ることもできない」

「石鹸とはなんだ？」

「レスリーが作ったもので――……」

レノックはアルヴィンに石鹸の説明をしながら応接室を出ていく。

レスリーは椅子に深く座り、お土産にと持ってきた木の実たっぷりのマフィンをオヤツにする。鈴を鳴らして執事に紅茶のお代わりをもらい、ついでにお土産のマフィンと石鹸を渡して、石鹸の使い方を教えた。

「お風呂……はレノック兄様が持っていったから、これは厨房で使ってね。料理をする前に手を洗ったり、肉で汚れた手や包丁、まな板を洗うのに使うと、食中毒が減るから」

「……かしこまりました」

レスリーのわがままに悩まされた一人である執事は、レスリーの指示にわずかばかり目を瞠る。内心ではかなり驚いたらしいが、ほとんど表情に出ないのはさすがだ。

しばらくすると二人が戻ってきて、疲れた様子でドカッと椅子に座る。すぐに執事が冷たい飲み物を持ってきて、二人はゴクゴクとそれを飲んだ。

「あの石鹸とやらは、血が簡単に落ちるうえに、全身がさっぱりしてとてもいいものだった。本当にレスリーが作ったのか？」

「そうです。夢のお告げで」

「レノックに聞いたが、どうにも信じられないんだ。なぜレスリーに夢のお告げが？」

「それは、ボクに聞かれても……。実際に夢のお告げがあったからこそ、石鹸を作れたわけですし」

「確かにあれは、夢のお告げでもないとレスリーに作れるわけがないか」

アルヴィンに失礼な言われようをされたが、事実だ。この世界にはなかったものなのだから、レスリーに作れるはずがない。

「うん、まぁ、そうなんです。……あっ、アルヴィン様、これ、父様からの手紙です」

レスリーがアルヴィンに封筒を渡すと、アルヴィンは中から便箋を取り出し、内容を読んで眉間に皺を寄せる。

「なんて書いてあるんですか？」

「レスリーを送るから、二、三日付き合ってやってくれと……夢のお告げのおかげでレスリーは変わり、面白いことになっているぞと書いてある。相変わらず人を食ったお方だ」

「父様……」

「SS級冒険者、怖ええんだよなぁ」

アルヴィンは仕方ないと呟いて執事を呼び、二人が二、三日滞在するから部屋を用意するように言う。

無事に了承をもらえて、レスリーはホッと肩から力を抜いた。

「怪我人がたくさん出たみたいですけど、大丈夫でした？」

「ああ、うちはポーションを大量に確保しているから問題ない。さすがに特級はそう多くないが、上級までならたっぷりある」

「そういえば、レグノからもかなりの量のポーションを買ってくれてるんだっけ……。ポーションかぁ……ボク、今売っているのよりいいのが作れる気がする……」

「そうなのか？」

その呟きに反応したのはレノックだ。ダンジョンで採れる素材はポーションにもなるので、質のいいポーションはレグノの財政に大いに貢献している。

「うん。石鹸を作ってて思ったんだけど、鑑定しながらだと最適の分量が分かるから。ポーションに使う薬草やなんかの素材だって、季節や採取方法で良しあしがあるでしょ？　それを考えずに調合したポーションより、鑑定しながら一番いい分量で調合するほうが、同じ素材でもいいものができるはず」

「そんなことができるのは、魔力量の多いアルファやオメガくらいだぞ。鑑定し続けるとなると、かなりの魔力が必要らしいからな」

「ボク、魔力については問題なしだし。たくさん鑑定したほうが、レベルも上がるしね。うーん。うちに戻ったら、父様に言ってみようっと。ポーションを使って作りたいものもあるしなぁ」

石鹸を作りながらもずっとシャンプーやトリートメントのことを考えていて、どうやったら効果の高いものになるかと頭を悩ませていたのだ。せっかく魔法があるのだから、それを使えば前世で作っていたのよりいいものができるんじゃないかと。

それで思いついたのがポーションを使うことで、そのポーションも自分が作ればより良いものができるかもしれない。

ポーションは魔力を込めながら作るものなので、上級ポーションともなるとかなりの魔力量が必要になるらしい。

けれど今のレスリーにはちょっとありえないほどの魔力があるから、いくらでも使うことができる。

幸いにしてポーションのレシピは分かるし、素材も手に入りやすい土地柄のうえ、父は金持ちの市長様だ。益になりそうな話に、父がダメと言うはずもない。より質のいいポーションはアルヴィンの役にも立つだろうし、レスリーは帰ったらポーション作りをしようと決めた。

うんうんと頷くレスリーを、アルヴィンが怪訝そうに見ている。

「……確かに、いつもとは様子が違うな。ずいぶんと落ち着いている」

「ああ、こいつ、夢のお告げがあったあといきなり大人になったんだよ。わがままも激減したし、お告げ様様だ」

「えー。ボク、最近はわがまま言ってないと思うけど？」

「言ってる。俺はめちゃくちゃこき使われてるぞ」

ブーブーと文句を言うレノックに、レスリーはえへんと胸を張って言う。

「それは兄様がボクの助手で、助手なのは父様が決めたことだから、父様に文句言って。ボクは助手に、助手の仕事をしてもらってるだけだよ」

「お前の夢のお告げ、秘匿しておきたいことばっかりだからなぁ」

「父様、やり手だから。唐揚げやお菓子の店を出すって言ってるし、レシピもそのうちに売り出すって。……ものすごい笑顔が怖かった」

思わずブルリと震えるレスリーに、レノックもハーッと大きな溜め息を漏らす。

「親父の満面の笑みなんて、初めて見たよ。ありゃあ、お告げのおかげで相当な利益が見込めるんだな」

「まぁ、父様がご機嫌なのはいいことだから」

うんうんと頷き合うレスリーとレノックを、アルヴィンは戸惑った顔で見ている。

「……本当に変わったのか？」

「そう言ってるだろう。俺も最初はいい子ぶりっこしてるかと疑ったが、こいつの性格で一週間もがんばれるわけない」

「いろいろ反省したんだよ。……うん、本当、ごめんなさい」

「……謝れるとは……」

そんなことで驚かれるあたり、自分のこれまでの所業が身につまされる。

「アルヴィン様にも、すみませんでした。甘やかされすぎて、わがままな子供のまま成長できなくて」

「信じられないな……本当にレスリーか？　何を狙っての、殊勝な態度だ？」

思いっきり疑って睨みつけてくるアルヴィンに、レノックが「おいっ」と怒ってくれる。

「レスリーを睨むな。お前が疑う気持ちは分かるが、今のレスリーは可愛いんだぞ」

そう言いながら腕を伸ばして頭を撫でられ、レスリーは照れながら礼を言う。

「えーっと……ありがと、兄様」

アルヴィンが胡乱な目つきなのは、いくら友人の言葉とはいえやはりそう簡単には信じられないからだろう。

レノックだって、一週間助手をやらされてずっと一緒だったから受け入れてくれただけで、長兄は様子見の状態だ。子供の頃から長年レスリーのわがまま放題を見ているだけに、すぐには信じられないらしい。

「まぁ、二、三日滞在っていうことだから、アルヴィンにも分かるさ」

「あ、そうそう。ボク、町を見て回りたいです。あと、どういうお店があるのか知りたいかも。それにできれば魔の森も経験してみたいけど……」

「魔の森は無理だろ。町に近い場所は比較的安全だが、マンティコアが三頭も出たばかりだしな」

「ああ、許可できない。秋ならいいが」

「秋？　なんで秋ならいいんですか？」

「冬の食料を蓄えるために、秋の初めに我々がある程度の深さまで魔物狩りをして、魔物除けの魔石を設置する。さすがに広範囲にわたるから小さいのしか使えず、効果は一月《ひとつき》といったところだが。その間に、町の人間がキノコや木の実なんかを収穫するんだ」

「なるほどー。いいなぁ、キノコ狩り。ボク、鑑定持ちだからどれが毒キノコか分かるし」

「……それは、いてくれるとありがたいスキルだ。この町に鑑定持ちは二人しかいないから、秋は大忙しでな」

（あれ？　ボク、役に立つじゃん。いけるかも……）

領地にとって有用で、貴族としてのマナーもちゃんとしているところを見せられれば、番で正妻も狙えるかもしれない。鑑定スキル持ちで出来のいいポーションも作れるというのは、この辺境の地ではかなり役に立つはずだ。

何しろ、質が良くて安定しているダンジョン産とは違って、魔の森で採れる薬草は大きいのや小さいの、生えている場所、採取の仕方などで品質がまちまちである。だからレグノのダンジョン産だけで作ったポーションは普通より高く売れるのだが、ここでレスリーがレグノのポーションにも負けないものを作れるとなると大きい。

（い、いける～。これは本気でいけるかも！　どうせなら、好きな人のお嫁になりたいもんね。がんばるぞ～っ）

とりあえずすぐに自分の株を上げるために何かしようと考えて、料理と美容スキルからとなると料理しかない。

「今日の夕食、ボクも一品作ります！」

「は？　レスリーが料理？」

「夢のお告げで料理と美容のスキルが増えたので。兄様、ボクの料理、美味しいよね？」

「ああ、めちゃくちゃ旨いし、初めて食う料理ばかりだぞ。俺も食いたいし、ぜひ作ってくれ」

「……………」

疑わしそうなアルヴィンに、レスリーは安心させようと笑ってみせる。

「大丈夫。お腹を壊したりしませんって。……あ、でも父様に、作り方は内緒にしなさいって言われてるんだよなぁ。どうしよ」

「あー……いずれレシピを売り出すとなると、そうなるか。じゃあ、俺が結界を張ってやるよ。中が見られないようにすることもできるから」

「うん、お願い」

「……それは、私が見てもいいものか？　本当にレスリーに料理ができるか、信じられないんだが」

「アルヴィン様ならいいと思います。でも父様に怒られるから、一応内緒にしてもらえますか？」

「分かった」

それじゃあと三人で厨房に行って、いくつかあるコンロのうちの一つを貸してもらう。

それから鳥系の肉とベーコン、玉ネギ、キノコなど必要な食材をもらってグラタンを作ることにする。

「おお、コカトリス！　高級食材だ」

コカトリスの肉を用意され、レスリーは思わず嬉しそうな声をあげる。

「魔の森で獲れたものだ」

「ずっとワイルドチキンやホーンラビットの肉が続いていたから、嬉しいなぁ」

子供たちでも狩れる肉類が手頃な価格で出回っている。コカトリスはそれなりに強い魔物なので、その分高価だった。

屋敷住みの兵士たちの食事も作る厨房にあるのは巨大な鍋やフライパンばかりなので、やはり助手は力のあるレノックだ。大量の玉ネギなどを一緒になって切り、大きなヘラでレスリーの指示のもと、炒める。

「はーい、それじゃ牛乳を少しずつ入れていくから、掻き回し続けてね」

「了解」

とろみが出るのを面白いと言いながらホワイトソースを作り、これまた巨大な鉄の皿に中身を移して上にチーズを乗せ、あとはオーブンで焼くだけにする。

結界を解いてもらって、料理長にタイミングを見計らって焼いてくれるよう頼んだ。

「もう火は通ってるので、上のチーズにちょっと焦げ目がつけば大丈夫。メインのお肉の前に出してください」

「かしこまりました」

そしてダイニングに移って、食前酒を楽しみながら夕食を待つことにした。

そこへアルヴィンの両親もやってきたので、立ち上がって挨拶をする。

「こんばんは。お久しぶりです。突然来て、すみません」

ペコリと頭を下げて謝罪をすると、二人とも驚いた顔をしている。今までレスリーがそんな殊勝な態度を見せたことがないから、唖然としていた。

「まぁ、ちゃんとご挨拶できてえらいわね」

アルファであり、いざというときは夫とともに戦うという辺境伯夫人は、いつもレスリーに優しい。完全に子供扱いなのだが、レスリーは気づかず懐いていた。

（辺境伯夫人も、さすがの曲者だよね。今考えるとうまくコントロールされていたし、思いっきり値踏みされて、見捨てられてたな～）

最初のうちはあれこれ辺境伯夫人としての心得を教えてくれようとしていたが、十五歳のときから何も言わなくなった。

あの時点でレスリーに辺境伯夫人は務まらないと判断され、婚約破棄か、側妻として子産みマシーンにするしかないと判断されていそうだった。だから今だって完全に子供扱いである。

すでに見捨てられていそうな立場から逆転するために、レスリーは夢のお告げで料理と美容のスキルを得たこと、石鹸とマフィンを手土産に持ってきて、夕食用にグラタンという料理を作ったことを言った。

「夢のお告げ？」

「料理と美容のスキル？」

「石鹸ってなんだ？　マフィンとは？　グラタン？」

思いっきり驚き、戸惑う辺境伯夫妻に、アルヴィンが口添えしてくれる。

「石鹸は風呂にあるので、あとで使ってみてください。綺麗に汚れが落ちて、サッパリします。グラタンという料理は初めて見るものですが、確かにレスリーが指示をして作っていましたよ」

「まぁ……」

「信じられない」

二人のために食前酒を持ってきた執事に促されて、それぞれ席に座る。

すぐにミートローフのような前菜が出され、それを食べながら怒涛の質問攻撃に答えることになった。

「――ええ、そうです、はい。神のお告げじゃなく、夢のお告げです。夢で、前世のことを思い出した感じで……料理と美容用品の知識はそのときのもので、それがスキルとなった感じでしょうかねー。料理も美容用品も、こちらでは手に入らない素材があるから、試行錯誤しながらですけど――ええ、そうです。前世はここことは全然違っていて、魔法がない代わりに文明が進んでいる感じでした」

当然のことながら二人ともレスリーの言う違う世界に興味津々で、なかなか前菜を口に運べないほど矢継ぎ早に質問が飛んでくる。レノックなどはさっさと食べ終え、お代わりをもらっていた。

なんとか食べ終えると、レスリーの作ったグラタンが運ばれてくる。ワゴンの上には、巨大な鉄皿がそのまま載っていた。

「どういった料理か分かりませんでしたので、ここで取り分けさせていただきます。レスリー様、これはお一人、どれくらいのお料理なのでしょうか？」

「ああ、えっと……メインのお肉があるから、これくらい……かな？」

指で四角形を作って執事に見せると、執事は「かしこまりました」と頷いてナイフとヘラでそれを綺麗に皿に盛りつける。初めて見る料理に戸惑うアルヴィンたちに、レスリーはスプーンを掴んで食べてみせる。

「これはトロリとやわらかいので、スプーンで。すごく熱いから、火傷に気をつけてくださいね。んー……美味しい」

レスリーの料理に慣れているレノックもすぐに食べ始めて、「おおっ、これは旨い！ベーコンがいい味出してるな～」と嬉しそうだ。

「玉ネギの甘みと、コカトリスからも出汁が出てるからね」

パクパクと美味しそうに食べる二人に、アルヴィンたちもスプーンを手に取って食べ始める。

「むっ！　旨い」

「なんて美味しいのかしら……初めて食べるお味ね」

感嘆する辺境伯夫妻と同じように、アルヴィンも驚いた顔をしている。

「作るのを見ていたが、こうなるとは想像もできなかったな。素晴らしく美味じゃないか」

「えへ、ありがとうございます」

グラタンは好評で、レスリー以外は四人ともお代わりをする。

「このトロリとした食感がたまらないわ」

「優しいのに、深みのある味だ。夢のお告げでこんなものが作れるようになるとは」

これまで地を這っていたレスリーの株は大いに上がり、挽回への手応えを感じる。

(よーし、これからもがんばるぞーっ!!)

レスリーはテーブルの下でグッと拳を握り、気合を入れるのだった。

★★★

翌日は朝食のあと、昼食は任せてとサンドイッチ作りをする。

レノックに結界を張ってもらって大量に唐揚げを揚げ、トマトと酢で甘酢ソースっぽいものを作ってサンドイッチにしたのだが、マヨネーズがないのが残念で仕方ない。さすがに鑑定でも生で食べられるかは分からないので、生卵は怖くて使えないから作るのはやめておいたのだ。

(生卵を使うためには、浄化魔法をしてもらえばいいのかな？　光魔法？　それも今度、調べてみようっと)

唐揚げはともかくとして、甘酢ソースは受け入れられないかもしれないと不安だったが、幸いにして好評だった。

堅めのどっしりしたパンは食べごたえがあって一個でもそれなりのボリュームなのに、四人ともお代わりしたからお世辞ではないと思う。

そしてそのあとはアルヴィンの案内のもと、町を見学することになる。

(最後にここに来たのは……三年以上前か)

あのときは、本当にただの町見学だった。未来の領主の番として一通りの教育は受けていたのに、お子様なままの意識は観光のように楽しむだけだった。

けれど、今は違う。ちゃんと大人になり、アルヴィンの領地に住む人々のことを知りたいと思っている。

領主町の雰囲気は、やはりレグノとはまったく異なっている。たくさんの冒険者が行き交うレグノのほうはとても活気があるが、こちらは落ち着いていて穏やかだった。

近くにある魔の森は危険だが、食物と素材の宝庫でもある。レグノより遥かに大きなこの町では畜産や養蜂もしているので、食料に困ることは滅多にないという。

兵士を多く抱えているため冬の備えも万全で、備蓄庫はかなり巨大なものだった。干し肉などの保存が利くものばかりではなく、マジックバッグという、見た目より遥かに容量が大きく、時間経過もない袋をいくつも使っての新鮮な肉や野菜などもある。隣国が攻め込んでくることを想定して、国から優先的にマジックバッグを渡されているのだ。

三人で広い町の中を歩き回り、店の商品や価格をチェックする。

「レグノのほうが物価が安いかなぁ」

「あそこは人が多く出入りして、物流が盛んだからな。その分競争も激しいし、ある程度安くても客が多いから、ちゃんと実入りがあるんだろう」

「なるほどー」

貴族としての務めを果たさなければいけない社交シーズンでも、アルヴィンたちは代わりばんこにちょこちょこ戻っているらしい。転移石のおかげではあるが、それだけ気を抜けない領地ということだ。

こちら側の隣国とは同盟を結び、長年関係も良好とはいえ油断できないのが辺境というものである。

国境を守る辺境伯はえらいなぁと、しみじみ思うレスリーだった。

★　★

明日には家に帰らなければいけないから、少しだけとお願いして魔の森に連れていってもらうことになった。

アルヴィンもレノックもダメだと首を横に振ったのだが、二人とも強いし、結界を張れるからいいじゃないかと説得したのである。

結果はレスリーの粘り勝ちで、二人から絶対に離れないようにときつく約束させられる。

「うわ～、楽しみ！　魔の森に行くの、初めてだ」

結界を張ってもらい、浮き浮きしながら二人に前後を挟まれる形で魔の森に入り、キョロキョロとまわりを見回す。

「魔の森なんていうから不気味な感じかと思ったけど、普通の森だなぁ」

「奥に行くにつれて魔素が濃くなっていき、瘴気に溢れた場所もある。そういうところには危険な魔物が多いし、ちゃんと不気味だぞ」

「へぇ……見てみたいけど、行きたくはないですねー。千里眼や遠見ができなくて残念」

二人がレスリーをそんなところに連れていくはずがないから、町近くの浅いところをちょろちょろするだけだ。

「あ、薬草！　新鮮さが命のやつだけど、マジックバッグ借りたし～。時間経過なしの、超お高い大容量。ん？　その向こうにあるのも薬草だっ。しかもわりと高いやつ。やった～。これ、中級ポーションの材料の一つだよ」

レスリーは大喜びで摘み、アルヴィンから借りたマジックバッグに入れる。

そして他にもないかな～と鑑定しまくって、薬草や食べられる野草などを見つけては摘んでいった。

「う～ん……薬草の数値がまちまち……同じ薬草なのに、こんなに違うのかぁ。特に含まれる魔力が全然違うなぁ」

「この辺りは魔素が少ないからな。吹き溜まりになっているところは高いようだが」

「なるほどー。同じ薬草なのに、倍近く魔力が高いものがありますよ。……うーん……これってつまり、奥のほうに生えてる薬草は魔力量が多いっていうことか……」

「薬草のために危険な奥に行くものはいない。奥に行くのは、強い魔物を倒して金にするためだ。薬草は、危険を冒すには安すぎる」

「そうですよねぇ。魔力たっぷりなら高めの値段をつけてもいいだろうけど、それでも薬草じゃたかが知れてるもんなぁ。……魔物を狩るついでに薬草摘みはしないんですか？」

「ギルドに依頼を出しておけば、摘んでくる冒険者もいるかもな。うちの町のギルドには鑑定士がいるし、きちんと魔力チェックをしてくれるんじゃないか？」

その言葉にレノックも頷いている。

「高く売れる魔物と出合えない、もしくは倒すのに失敗するときもあるから、薬草で少しでも補填できるのはいいな。冒険者の安心材料になる」

「だよねぇ。ちゃんとポーション作りをマスターしたら、父様に言ってみる。……あぁ！あれ、ボクが欲しかった薬草～。しかも群生！」

やったやったと大喜びして、レノックとアルヴィンにも摘んでもらう。

「丁寧に、根っこごと掘り返して。これは、根も重要だから」

「面倒くせえ」

「帰ったら、チーズケーキ作るからさ」

「チーズケーキ？　知らんが、甘いものの予感」

「当たり〜。兄様、絶対に好きだと思うなぁ」

「よし、がんばろう」

レノックが分かりやすく張りきってせっせと薬草を掘り出してくれたおかげで、あっという間に群生の半分ほどが収穫できた。

「……うん、これでいいや。次のときのために残しておかないと。こんな浅い場所に群生があるなら、そう強くない冒険者でも採りに来られると思うし」

「しかし……よく分かったな。繁みの陰に隠れていたのに」

「鑑定さんのおかげです。鑑定しながら歩いてて、チラッと見えたんです。さすがに見えないと、鑑定できないですからね。でも、鑑定しっぱなしはちょっと疲れますねぇ」

「鑑定は魔力を食うからな」

「そっちじゃなくて、目が疲れるんだよ。ずっと目を凝らしてると、目が渇くっていうか……目薬が欲しい。あれ、成分なんだったっけかなぁ？　電車の中での暇潰しに成分表を見たんだけど……ダメだ、ちゃんと覚えてないや。さすがに目に入れるものを適当には作りたくないし」

目薬は諦めて、採取の続きに戻る。

二人に結界を張ってもらっているといっても少しばかり怖いと思っていたのだが、魔物の気配はない。あたたかな太陽の光と風が心地よい、綺麗な森にしか見えなかった。

「魔物、いないね～」

「ああ、それは私たちがわざと殺気を放っているからだ。魔物もバカではないからな。これをすれば、力の差を感じて大抵の魔物は逃げていく」

「へぇー。すごい便利ですね」

「強い魔物を引き寄せることになりかねないが……この辺りにそんな強い魔物はいない。一昨日のマンティコアは、異例中の異例だ」

「ああ、驚いたよな。俺、初めてマンティコアを見たぞ。聞いていたとおり不気味な魔物だった……魔力防御もかなりのレベルだったし、あいつの皮はいい素材になりそうだ」

「ああ。お前にも報奨金が出るぞ」

「やったね！　いいときに来た」

「こちらとしても、ありがたかった。A級の兵士をダンジョンに派遣しているときに、まさかマンティコアが出るとはな。マンティコアの巣は、もっとずっと奥のはずだ。魔の森は獲物が豊富にいるから、わざわざ町に出てくることなど一度もなかったんだが……」

「しかも三頭だろう。縄張り争いで負けたかな？」

「それが一番ありそうか。よりによって、うちに来るとは」

「まぁ、兵士の気を引きしめるには、ちょうどよかったんじゃないか？　死人も出なかったことだし、いい訓練になったな」

「確かに。あいつらも、レベル上げの必要性を実感できただろう。ダンジョンに潜りたいと希望する兵士がずいぶん増えた」

「うちのダンジョンはレベル上げに最適な親切仕様だからなぁ。国境を守るこの町で、A級B級の兵士はいくらだって欲しいだろうし」

そんなことを話しながら、ちょこちょこレスリーが薬草や野生の果物などを収穫しつつ魔の森を歩く。

アルヴィンは強い魔物の縄張りを把握しているので、安全なところを選んでくれているらしい。おかげで魔物に遭遇することもなく、結構な量の薬草と食材を手に入れてホクホクと戻ってこられた。

「楽しかった～。アルヴィン様、ありがとうございました」

ニコニコしながら礼を言うと、アルヴィンも笑い返してくれる。

いつもの貴族らしい義理の笑みではなく、ちゃんと笑っているのが嬉しかった。

「それはよかった。ずいぶんと食材も収穫していたしな。あれらを使って、何か作ってくれるのか？」

「はい。夕食に出すから、楽しみにしててください」

「レスリーの料理は珍しいうえに、素晴らしく美味しいから期待している」

「あ、ありがとうございます」

アルヴィンの屋敷に戻ると、香りの良い野草を使ってレッドボアの赤ワイン煮を作る。猪系だから肉に少し臭みがあるので、摘んできた野草が役に立ってくれる。赤ワイン煮もこの世界にはないから、みんな驚くはずだ。

それにレノックに約束したチーズケーキ。結界張りと力仕事をレノックに頼んだら、旨いもののためならと嬉々としてやってくれた。

木苺を砂糖で軽く煮てソースも作り、見た目にもなかなかのものができあがる。

夕食の席で出してみると両方とも大好評で、特にチーズケーキはレノックとアルヴィンの母親に大受けだった。

「レスリーちゃん、もう帰ってしまうの？　もっといてくれればいいのに」

「そうだなぁ。レスリーくんがいてくれると、素晴らしく美味しいものが食べられる」

アルヴィンの両親にそんなことを言われたのは初めてで、レスリーは嬉しくなってしまう。

けれど父親との約束では二、三日ということだし、料理と美容のスキルを生かして作りたいものがたくさんある。

名残惜しいが、帰るしかない。この三日間の滞在で、アルヴィンとその両親のレスリーを見る目と態度には大きな変化があった。

婚約破棄をお願いするつもりで来たのに、アルヴィンの番も夢ではないと思わせてくれる。

レスリー的には充分な手応えを感じられる、満足のいく訪問だった。

★★★

自分の屋敷に戻ってからというもの、レスリーは忙しい毎日を過ごした。

一月後には王都での社交シーズンが始まるから、その前に作っておきたいものが山ほどあったのである。

今年は試験的に長兄のレジナルドが父の代わりに市長代理として残り、レスリーは両親とレノックと一緒に王都の屋敷に移って三ヵ月ほど住むことになる。

移動は転移石のおかげで一瞬だから、使用人たちが王都の屋敷に通って受け入れ準備をしているらしい。

「魔法って、便利だとしみじみ感じる……」

文明的にはずいぶんと遅れているのに、魔法や魔道具のおかげで前世の日本より進んでいることもある。陸路を馬車で行けば一ヵ月はかかる道のりが、一瞬で着くのは驚異だった。

社交シーズンにはアルヴィンも王都に行くので、たくさん会えることになる。

再会のときのためにも髪や肌の状態を良くしたいので、試行錯誤の末、シャンプーとトリートメント、化粧水と乳液、ハンドクリームといったものを作り上げた。

自分で使ってみて効果抜群なのを確かめたうえで、せっかく美形家族なのだからとみんなにも使ってもらう。

おかげでクラーク一家は全員髪も肌もツヤツヤのピカピカだ。オメガの母親に至っては、「女神か！」というほどの輝きを放ち、父親はご機嫌である。そしてその効果を認め、王都に店を出すことになった。

そのせいで、レスリーは大忙しである。美容用品の店なんて客層が異なるし、親にはまったく勝手が分からないらしく、レスリーが開店準備のあれこれをする必要があったのである。

社交シーズンの幕開けとなる、王城での夜会――その一週間前に王都の屋敷に移り住んで、レノックをこき使いつつ開店準備をした。

外壁には可愛い感じの文字で商品名と価格、商品説明を書いてもらい、店員には淡いピンクに染めてフリルのついたエプロンをつけさせ、商品の説明の仕方や接客を教えたりとやることはいくらでもある。

王城での夜会の日をオープンに当て、三日間、半額キャンペーンをする。もちろんレスリーも開店前に行って、店員たちと一緒に接客だ。

石鹸に洗髪剤、髪用栄養剤――どれも初めて聞く言葉ばかりだろうが、揃いの可愛らしいエプロンをつけた店員たちにはもう使ってもらっている。十八歳から、上は五十代までの幅広い世代の女性たちを雇い、みんなお肌ツヤツヤ、髪サラサラだ。彼女たち自身も自分の髪や肌が自慢のようで、同年代の女性に声をかけては実に嬉しそうに触らせていたりする。

王都は他の町より女性の仕事が多いし、裕福な女性も多い。ちょっと高いけど半額だし、試しに……と買ってくれる女性も多かった。

店員たちが接客にもすっかり慣れたところで、レスリーは明るいうちに屋敷に戻る。そして一休みしたあとで入浴して全身を磨き上げ、正装に着替えた。

この日の男性の上着は白と決まっているから、金糸を含んだ多彩な糸で華やかに刺繍してある高価な一着だ。

レノックは黒でシックに、父親は水色の刺繍だが、母親のドレスと色を合わせてあるのがオシャレだった。

全員ビシッと決めて馬車で王城に行くと、一家は注目の的になる。

四人とも髪の輝きが明らかに他と違うし、肌も見るからにツヤツヤでなめらかだから、目敏い女性たちはすぐに気がついて囲まれてしまった。

「その御髪はどうなさいましたの!?　光り輝いておりますわよ」

「お肌が……なんてなめらかなのかしら」

なぜ、どうしてと迫られて、父親がにこやかに言う。

「レスリーが夢のお告げを得て作った、洗髪剤や化粧水のおかげです。王都でも今日から売り出しているので、ぜひ行ってみてください」

「レスリー様が!?」

「夢のお告げ!?」

魔法がある世界なだけに「夢のお告げ」は有効で、これまで何もできなかったレスリーがそんなものを作り出せたこと自体に説得力がある。

それにレグノは今、社交界でもちょっと話題になっているらしい。

レスリーが食べたくて作った唐揚げやコロッケ、お菓子などを父親が屋台で試験販売していて、それが大好評なのだ。守秘義務ありのレシピも少しずつ町の店に売り始めているので、かなり食が多様化し、賑わっている。おかげで冒険者がさらに集まるようになり、税収も増えているとのことだった。

そしてその冒険者たちがあちこちの地に散らばり、レグノはいいぞ～と伝えてくれているらしい。

そういった情報に敏感な貴族たちは、レグノの活況の秘密を探ろうとしていたのだ。だからこそレスリーの夢のお告げのおかげと聞いて驚き、同時に納得もする。どれもこの世界にはなかった、どうやって作ったのか分からない料理ばかりだったからである。

なぜ甘やかされた子供にすぎないレスリーに夢のお告げが——という疑問はあるかもしれないが、オメガは魔力が多いので有名だ。神のお告げが聞こえる聖女も、オメガであることが多い。それゆえレスリーが夢のお告げを受けても不思議はなかった。

王城の大ホールを使っての夜会は、大盛況だ。よほどのことがないかぎり、社交シーズンの幕開けとなるこの夜会に欠席する貴族はいない。

何しろ、王族もズラリと勢揃いするし、冒頭には王自ら挨拶をしてくれるのだ。このときくらいしか王の顔を見られない貴族も多く、大ホールは人で混み合っていた。

まずは王の挨拶と乾杯。あちこちで楽しそうな会話が広がる。

あまりの人の多さに知り合いを見つけるのも大変で、アルヴィンとその両親と顔を合わせたのは小一時間ほど経ってからだ。

レスリーたち一家は髪と肌のことでいろいろな人に声をかけられ、あまり身動きがとれない状態だった。

アルヴィンと顔を合わせるのは、一ヵ月ぶりになる。社交シーズン前の貴族は、やることが多くて忙しい。辺境伯の嫡男で一人息子となるアルヴィンは、なおさらのはずだ。

目が合って思わず笑いかけると、アルヴィンの表情がなんとも複雑なものになる。

（うーん、やっぱり美形！　さすがアルファ様だよね。ボクの顔を見て一瞬眉を寄せるあたり、まだまだ未熟って感じだけど）

アルヴィンの屋敷に滞在した三日間で彼の態度がずいぶんと緩和したものの、やはり長年にわたってわがままなお子様だったレスリーだけに、信じられないものがあるらしい。

アルヴィンは疑わしそうな、なんとも複雑な表情でレスリーを見ている。

レスリーの父親なら、そんなふうに顔に出したりはしない。父は元冒険者のくせに腹芸も得意で、貴族向きの食えない性格だった。

しかしアルヴィンはすぐに貴族らしい柔和な笑みを浮かべ、父親に挨拶をする。

「お久しぶりです、クラーク男爵」

お決まりの挨拶を交わしながら、アルヴィンはレスリーのほうに視線を向けようとしない。

今まではならレスリーは自分からアルヴィンに飛びつき、ベタベタとくっついている。そしてアルヴィンは自分の婚約者なんだぞと、まわりの女性やオメガを威嚇するのが常だった。

何しろアルヴィンは精神的にお子様なレスリーの初恋の人で、そのまま婚約者になった人。初恋成就に浮かれ、アルヴィンが嫌そうな顔をしても「格好いい！」ですませる脳内お花畑状態がずっと続いていた。

けれど、前世の意識がミックスしている今のレスリーは冷静だ。過去の自分のアホさ加減に逃げ出したい心境で、イタいわ～と頭が痛くなってくる。

婚約破棄か、それともがんばってアルヴィンの番になるか——レスリーの中で天秤がユラユラと揺れ動いていた。

この一ヵ月の間に、父親や兄たちのレスリーに対する評価はかなり上がっている。置いておく価値があるんだぞと、がんばってきた成果だ。今のレスリーなら長兄のレジナルドも、家に居座り続けるのを許容する気がする。

だから婚約破棄をして前世での記憶を頼りにあれこれ作りながら心穏やかに暮らしていったほうがいいんじゃないかな……と思うのだが、アルヴィンを見てしまうと恋心が疼く。

やっぱり好きだ、アルヴィンの番になりたいと思ってしまうのだ。

両親の横でおとなしくしていると、アルヴィンの母である辺境伯夫人に話しかけられる。

「ねえ、ちょっとレスリーちゃん。あなたたち、いったい何をなさったの？　一家揃って髪と肌が輝いているのだけれどっ」

この台詞は何度目かな～と思いつつ、レスリーは笑って答える。

「例の夢のお告げで、洗髪剤や化粧水なんかを作りました」

そこでもうすっかり慣れてしまったシャンプーなどの説明をして、あとで届けさせますねと言う。

商品化できた時点で渡そうと思っていたのだが、父親にダメだと言われた。王城での宣伝のためには、自分たちだけが目立つほうがいいとのことだ。

だからオルグレン家には、夜会の間にそれらの品々が屋敷に届くはずだった。

アルヴィンの母親は無邪気に喜び、うっとりしながらレスリーの母親の髪を触らせてもらっている。

キャッキャキャッと楽しそうだなと思っていると、アルヴィンに声をかけられた。

「今日はずいぶんとおとなしいな」

「もう子供ではないので」

「本当に変わったのか？」

「そう言ってるのに……」

ちょっとばかり頬を膨らませると、アルヴィンの目元が緩む。

少し優しく見つめられるだけで、レスリーの胸は高鳴ってしまう。やっぱり、アルヴィンが好きなんだよなぁと実感する。

レスリーはアルヴィンがずっと好きで、格好いいな～こんな人が婚約者だなんて嬉しいな～という子供っぽい感情だったが、その分純粋と言えるかもしれない。

アルヴィンが辺境伯家の嫡男で、未来の辺境伯だから好きというわけではないあたり、ボクってそう悪くないよねーとも思う。

レノックも加わって三人で話をしていると、ドワイト公爵夫妻とその娘であるエドウィーナがやってくる。

さっきからチラチラとアルヴィンを見ていて気になったのだが、我慢できずにやってきたらしい。

ドワイト公爵夫人は公爵家に嫁いだとはいえ王妹であり、エドウィーナは王の姪だ。けれどあくまでも身分は王族ではなく貴族――しかも王族には少ないベータである夫人が生んだ娘は二人ともベータで、公爵はオメガを側妻にしてアルファの男の子と女の子が生まれているから公爵家での立場は複雑なものがある。

娘たちも年頃になって嫁ぎ先を探しているが、娘二人ともベータというのが足枷になっていた。家の繁栄のためにアルファの跡取りが欲しい貴族としては、ベータ因子しか持っていなさそうな公爵令嬢たちはあまり魅力的ではない。それに王の姪とはいえ、ベータということで目をかけてもらってはいない状態だった。そうなると王の姪で公爵令嬢という

身分はなかなか厄介で、身分的につり合う相手もそう多くない。

（この母娘、アルヴィン様をターゲットにしてるんだよね。アルヴィン様は未来の辺境伯だし、領地にはレグノっていうダンジョン都市があるからお金もあるし）

去年の社交シーズンの終わり頃、エドウィーナとその両親がアルヴィンたちと一緒にいるところをよく見た。両者の間に流れる、微妙な空気と親しみ。女性に冷たいアルヴィンが、エドウィーナには妙な愛想を向けていた。

アルヴィンが大好きなレスリーは敏感にそれを感じ取り、エドウィーナに対してずいぶんヒステリーを起こした記憶がある。

貴族の爵位の中で一番下の男爵と、一番上の公爵。レスリーがエドウィーナにキーキー喚いても許されていたのは、オメガだからだ。

けれどアルヴィンと辺境伯夫婦はそんなレスリーに呆れ、エドウィーナの売り込みに対して乗り気になっているのを感じたから、去年からずっとそれが不安で気にかかっていた。

今年の社交シーズン開始まであと一月というところにきて、大きくなった危機感が前世の記憶と知識を呼び覚ましたのかもしれない。

（容姿でいえばボクのほうが断然上だし、オメガでもあるんだけど、性格に難があったからなぁ）

エドウィーナは明るい茶色の髪と瞳、それなりに可愛らしく、可憐な雰囲気だ。

母親の押しが強くてあまり自分から積極的に話しかけたりしないものの、公爵令嬢としてマナーは完璧だった。

おとなしくて上品な王の姪を正妻にして、跡取りはオメガであるレスリーに産ませる——当然、社交界に伴われるのはエドウィーナで、レスリーは影の存在になる。

頼みの綱である父親は、オメガであるレスリーはいずれ手放すものという意識があるから、別にそれで構わないと考えている感じがした。

けれどレスリーが前世の記憶を思い出したことで、状況が変わってきている。父にとってレスリーは、わがままで高慢なアルファの子を産むしか取りえのないオメガではなく、前世の知識で役に立つ存在になっている。

この世界になかった石鹸やシャンプーなどの美容用品、様々な料理やお菓子が家に財をもたらし始めている。それゆえ父も、家に置いてもいいかと考えているのが分かっていた。

オメガの本能と発情期は魔法薬で抑えられるし、前世の意識のせいで男に抱かれるのはちょっと……という思いもある。レスリーはアルヴィンが好きだからがんばって挽回したいが、すでに嫌われている状態なので居場所はちゃんと確保しておきたい。

それでもやっぱりレスリーの恋心は健在で、エドウィーナに微笑みかけるアルヴィンを見るとジクジクと胸が痛む。

レスリーはアルヴィンに近づく女の子やオメガにキーキー文句を言っていて、アルヴィンにうんざりされた。思い返すと、そりゃうんざりするよなぁと恥ずかしくなる。

せっかく可愛いんだから、可愛い態度で愛敬を振りまき、これぞという相手だけ撃退すればいいのに、子供なレスリーはアルヴィンに誰も近づけたくなくて手当たりしだいに排除しようとしていた。

（父様……一応、貴族の子なんだから、そのあたりの社交術はちゃんと教えてほしかった……）

オメガは基本的に箱入りで、おとなしいタイプかわがままなタイプに分かれる。おっとりとした母は前者で社交に難はないが、後者のレスリーはちょっと大変だ。オメガじゃなかったら爪弾きにされていてもおかしくないほどにわがまま放題だった。

だから「離れろ！」とエドウィーナに飛びかかりたい気持ちをグッと抑えて、でも婚約者は自分なんだからとアルヴィンの隣に居座り続ける。アルヴィンに熱い視線を向けていたエドウィーナは、レスリーをチラリと見て言う。

「今日はずいぶんおとなしいですのね」

レスリーはそれにムッとするのを抑え、クスクス笑って頷く。

「アルヴィン様にも同じことを言われました。もう子供じゃないです、って答えましたけど」

「あら……」

いつものようにキーキーがなり立てないレスリーに、エドウィーナは驚いた顔をする。そしてホホホと笑い、おっとりに見せかけながら嫌みを言ってくる。

「いつも元気すぎるレスリー様ですから、おとなしいとちょっと不思議な感じですわね。耳が痛くなくてありがたいですけど」

「本当に以前のボクはお子様でした。アルヴィン様が格好いいから、つい焼きもちを焼いてしまって。お恥ずかしいです」

「毎回、毎回、キーキー喚き立てておりましたものね。目をつり上げて、顔を真っ赤にして……まるでキラーモンキーのようでしたわ」

意地の悪さが透ける表情で嫌みを言ってくるエドウィーナは、とても感じが悪い。

レスリーはムカッとしながらも、顔に出さないようがんばった。

「えー、キラーモンキー？　なんですか、それ」

おそらく魔物の名前なのだろうが、レスリーは魔物に詳しくない。自分のところのダンジョンの魔物とそのドロップ品については教わっているが、それ以外はさっぱりだ。首を傾げるレスリーに、レノックがムスッとして言う。

「猿系の魔物だよ。見た目はわりと可愛いんだが、凶暴なんだよな。小猿が愛嬌を振りまいてこっちを油断させておいて、親が仕留めにかかったり、群れで襲いかかったり、ギャーギャー騒ぎ立てて石なんかを手当たりしだい投げつけてくる。群れを作るうえに妙に知能が高くて、冒険者の剣や斧を使いこなすやつなんかもいて、いやな魔物だ」

「そうなんだ。うちのダンジョンにはいないから知らなかった」

「まぁ！　レスリー様がお勉強嫌いというのは本当でしたのね。キラーモンキーも知らないなんて。そんなご様子では、王都図書館に足を踏み入れたこともないんじゃございませんの？」

レスリーを貶めようと嘲笑うエドウィーナの顔は、いやな感じに歪んでいる。

これまではおとなしくて優し気で、アルヴィンに近寄るなと怒るレスリーに怯えたような様子しか見せなかったエドウィーナ。レスリーが攻撃しなかったことでレスリーに嫌みを言って怒らせようとしたようだが、逆に自分の隠していた内面を覗かせることになってしまった。

（確かエドウィーナ様って、闇属性だっけ？　根暗で陰険が多いって本に書いてあったけど、当たってるっぽい。エドウィーナって、絶対、性格悪いよね）

前世の記憶を取り戻してからというもの、クラーク家の蔵書を片っ端から読みあさったレスリーだが、それだけでは知りたいことが載っていない。

（光魔法か、回復魔法が欲しいんだよなぁ。美容用品作りの役に立つ気がする。それに、回復効果のある機能性食品を作れるかもしれないし……）

「兄様、ボク、王都図書館に行きたい！」

「あー……うちの本じゃ、知りたいことが載ってないって言ってたもんな。いいぞ。いつにする？」

「明日にでも、ぜひ」

「分かった。明日な」

「うん！」

やったと喜ぶレスリーに、アルヴィンが怪訝な表情をしている。

「レスリーは読書嫌いじゃなかったか？　ジッとしているのが苦手と言っていただろう」

「夢のお告げから、好きになったんです。お告げの実現のために、知りたいことがたくさんあって」

「なるほど……」

「まぁ！　レスリー様が夢のお告げなんてご冗談でしょう？　お告げを受けられるのは高

位な光魔法の方々や聖女様が主なんですのよ。レスリー様はレベルの低い水魔法しか使えませんでしょ」

（おい、こら。レベルが低くて悪かったなー。箱入りのオメガは、レベル上げなんてしないんだよっ。被害者面が剥がれると、めちゃくちゃ感じ悪いなぁ。ボクのことを下げたくて必死なんだろうけど、大丈夫？　兄様はカリカリしてるし、アルヴィン様も眉を寄せてるよ）

公爵令嬢であり、王の姪だから表立って言わないが、性格悪いな～とは思っていそうだ。エドウィーナの顔はちゃんと笑みを浮かべていても、意地の悪さ、性格の悪さが隠しきれずに滲み出ている。

（うーん……やっぱり、手当たりしだいの攻撃は失敗だったな……。ボクって可愛いんだから、おとなしく可愛い子ぶってればこんなふうに馬脚を現してくれたのに。まったく、前のボクってばお子様だったなあ。そういう自分、嫌いじゃないけどさ……）

甘やかされてわがままとはいっても、レスリーの性格はねじ曲がっていない。ただ単に子供のままうまく成長できなかっただけだ。エドウィーナの、じっとりと滲み出る性格の悪さとは違う。

友達面しながら悪意の種を育てそうなエドウィーナとは、あまり接触したくないなと思う。ちょっとした会話をいちいち拾って、恨みを溜めそうないやな感じがあった。

アルヴィンが本当にエドウィーナを正妻、レスリーを側妻として考えているなら、婚約破棄してもらったほうがずっといい。悪い予感しかしなかった。

（エドウィーナ様と縁づくのは、絶対にやだっ。無理。がんばってエドウィーナ様を蹴散らすか、婚約破棄しかないぞ！）

がんばれ自分！　……と、レスリーは気持ちを新たに気合を入れるのだった。

★★★

翌日、レスリーは朝から図書館にいた。朝食のあと、開館の時間を待って図書館に入ったのである。

今日はアルヴィン家での夜会があるが、それまでは自由にしていていいとのことだったので、ひたすら本を調べまくっている。魔法についてと、薬草が主だ。それに魔物から取れる素材についても詳しく調べる。

「うう〜ん、情報が足りない……」

さすがに王都の図書館だけあって大変な量の蔵書なのだが、レスリーが知りたいことは見つからない。

途中、昼食だとレノックに無理やり外に連れ出され、近くの食堂でステーキとパン、スープという一般的な食事をする。

「お肉、硬い……」

「レスリーのメシに慣れると、塩だけで焼いた肉は物足りないな」

「たまにはいいと思うけど、噛むのがつらい……」

肉をやわらかくするために筋切りをしたり、叩いたりという発想がない。量も多すぎるので、レスリーは肉とパンの半分をレノックに食べてもらった。

食べ終わると再び図書館に戻って、調べ物の続きをする。

腹が満たされて眠くなったのか、レノックはさっさと机に突っ伏して寝ていた。

（ああ～ダメだ。載ってない。なんでどの本も、属性の魔法しか使えないって書いてあるんだろう。ボクは水魔法しか使えないけど、他の魔法の素地がゼロっていうことはないと思うんだよなぁ。少しでもあるなら、それを伸ばしたり増幅すれば、使えるようになると思うんだけど……）

才能のあるなしはあるのだろうが、何もすごいレベルを目指しているわけではない。ピアノや水泳だってレッスンを受ければそれなりになるように、魔法もそれなりに使えるんじゃないかと考えていた。

（特別室の蔵書を見たいな～。伯爵家以上しか入れないなんてずるい！）

この世界では、基本的に本は安くない。図書館の本は高価なものばかりだが、特別室のは比べものにならない貴重な本ばかりらしい。それゆえ何かあったときに弁償できるように、伯爵以上しか入れないようにしているのかもしれない。

（むうっ。貧乏な伯爵だっているのに～）

しかし、ダメなものは仕方ない。

レスリーが薬草と魔物の素材についてせっせと本を調べていると、アルヴィンとエドウィーナがこちらに向かって歩いてくるのに気がついた。

(なんで、二人が？　も、もしかして、デート？)

ズキズキと胸が痛むのは、子供のときから育てたレスリーの恋心のせいだ。悲鳴をあげ、アルヴィン様から離れろと喚きたい衝動に駆られる。

けれど今のレスリーには前世の意識も混じっていて、地味男でいい人ポジションだった経験から、恋がそう簡単に成就しないのを知っている。だからこそみっともなく喚き散らすことなく、胸の痛みを抑えることができた。

それでもやっぱり無視はできず、レノックの肩を揺すって起こしつつ二人に聞いてみる。

「どうしてお二人で？」

「今日、図書館に来るとおっしゃっていたでしょう？　私も久しぶりに来たくなって、アルヴィン様をお誘いしましたの」

それはつまり、わざわざオルグレン家まで行ったということだろうか。

公爵家のほうが格上だからできることではあるが、普通、貴族の女性はそんなことはしない。

ずいぶんと親しげな行動に、レスリーのモヤモヤが大きくなる。

「本当にいるとはな」

「意外でしたわ」

疑っていたのかと心の中で突っ込みを入れつつ、胸の痛みを抑えつけて渡りに船なのを喜ぶことにする。

「アルヴィン様！　特別室に入れてくださいっ」

「特別室？」

「はい。ここの本じゃ、知りたいことが書いていないんです。でも、特別室は伯爵家以上じゃないと入れないので」

「それはそうだが……内容を理解できるのか？」

本当に失礼だなと思うものの、今はとにかく中に入るのが重要だ。

「読んでみないと分かりません。なんの本があるのか知らないんですから」

「……分かった。入れよう」

頷くアルヴィンに対し、エドウィンが眉を寄せて言う。

「お待ちください、アルヴィン様。アルヴィン様の同行者ということでレスリー様を特別室に入れたら、レスリー様が貴重な書物を破損させたときにアルヴィン様が弁償させられることになってしまいますのよ」

「もちろん、承知のうえです。レスリーは私の婚約者ですからね」

「えっ？　で、でも……」

エドウィーナは不満そうで、何か言いたげだ。

アルヴィンが弁償するという部分か、それとも婚約者という部分に引っかかっているのか確かめる気はない。

エドウィーナと会話をするとムカッとするだけなので、エドウィーナの存在は無視してアルヴィンに言う。

「丁寧に扱うと約束します。もしボクが破損させちゃったら、父様に請求してください。……いいよね、兄様？」

「ああ、仕方ない。親父にも、好きなだけ読ませてやれって言われていることだし」

「はい、決まり！　入りましょう」

貴族の子女は、生まれたときに家紋を象った装身具を贈られる。護符付きの魔道具でもあるから、ある程度大きくなったら肌身離さずつけられるものだ。

アルヴィンは右手の中指に嵌めたそれを身分証代わりにして、特別室の中に入る。

「うわぁ……見るからに高そうな本がいっぱい」

「専門書ばかりで、難解なものが多い。私も、ここに入るのは久しぶりだ。……むっ。こそれの魔物図鑑は初めて見るな」

通常よりずっと大きく厚みもある本は、レスリーでは持ち上げるのも難しそうだ。それをヒョイと手に取ってパラパラとページを捲るアルヴィンに、レスリーは質問する。

「それ、素材について詳しく載ってますか？」

「いや。これに対応して、別に素材の本があるようだ。……これだな」

「見たいです！　アルヴィン様、机に置いてくださいー」

「分かった」

特別室には四人しかいないため、声をひそめることなく話せる。

それぞれ気になった本を持って席に座るが、アルヴィンとレスリーは隣同士だ。アルヴィンが大きくて重い素材の本を隣に置いてくれて、ホッとした。

やはり、アルヴィンとエドウィーナが隣り合って座るのは我慢できそうにない。

さすがに特別室に置いてある本――しかも最近出されたばかりというだけあって、素晴らしく詳細に載っている魔物の素材集を、レスリーは夢中になって読んでいく。

アルヴィンの前に座ったエドウィーナが、何やら一生懸命アルヴィンに話しかけるのにイラッとする。うるさいな～と思いつつ、必死で無視して本に集中しようとがんばった。

何しろこの本には素材の使い道が細かく書いてあって、シャンプーなどをより良くするための参考になりそうだった。

「うーん……やっぱり回復系の最高はドラゴンの血と肝かぁ。あと、世界樹の葉。どっちもエリクサーの材料か……とても手が届かないなぁ」

「いや、ドラゴンの素材なら親父が持ってるぞ。お前も、生まれたときに血を一滴飲んでる。オメガの赤ん坊は体が弱いことが多いからな」

「えっ、そうなの？　そういえば父様、火竜を倒したんだっけ。すごーい」

「お前の魔力が多いのは、火竜の血のおかげもあるだろうな。火竜の血なのに、火魔法が使えないのが不思議だが」

「火魔法の才能は皆無ってことかな……うーん、水竜の血だったら、すごい魔法が使えたかもしれないのに。残念」

「そもそもドラゴンは、伝説みたいな存在だ。なんでうちのダンジョンボスをやってるのか、聞いてみたいレベルだぞ」

「おかげで冒険者がたくさん集まってくれて、ありがたいよね。ベヒモスとヒュドラなんて、他のダンジョンならボスレベルなのに、うちじゃただの階層主になってるし。倒せれば、超高額ドロップ品の山だし」

ありがたや〜と拝みたいくらいの豪華さだ。

レスリーとレノックの会話を聞いて、アルヴィンは首を傾げている。

「回復系の素材を調べているのか？　前に言っていた、ポーションを作るために？」

「いえ、髪の栄養剤や化粧水なんかに、回復効果のあるものを入れたいなぁと思って」

オルグレン家には、昨日のうちにシャンプーなどの一式を届けてある。

「……ああ、母が大喜びしていたやつか。確かにあの洗髪剤は頭がすっきりしてよかった。あとから栄養剤をつけたりと面倒だが、髪が絡まないのはいいな」

「あれでもいいんですけど、ちょっと高いかなぁと思うし、もっと効果のあるものを作りたいと思っていろいろ考えてるんです。うーん」

今のは原料にポーションを使っているから、どうしても価格が高くなってしまう。

前世で作り方を覚えたトリートメントと化粧水、乳液などに回復効果を期待して試しにポーションを入れてみたところ、劇的にいいものができあがったのである。

庶民向けの安いものには下級ポーション、富裕層向けのには上級ポーションを使っている。作るのが楽で便利だが、もっといいものがあるんじゃないかと模索中だった。

けれど何かとレスリーに手伝わされるレノックは、いやいやと反論してくる。

「俺は、今ので充分だと思うんだけどな。……エドウィーナ嬢はどう思いますか？　レスリーみたいなツヤツヤの髪になれるのに、一週間分で銀貨五枚、払います？」

「え……ええ、払うと思います。髪が綺麗になるなら、銀貨五枚なんて安いものですわ」

「ほらな、大丈夫だって。——まぁ、より良いものを作ろうというのはいいことだから、がんばるんなら手伝うけどな」

「うん。ありがと。ダンジョンのドロップ品や薬草を使って、いろいろ試してみる」

やる気満々のレスリーに、アルヴィンが不思議そうな、感心するような目で見てくる。

「どうしてそんなに熱心なんだ？」

ちょっと困る質問だ。まさか、アルヴィンの側妻で子産みマシーンになるのはいやだから、父親に存在意義を見せるためとは言えない。

「ええっと……夢のお告げが……美容の神様だし」

「そんな神がいるのか？　美容の神からお告げが？」

「違う、違います。お告げがあって、起きたらボクのスキルに『美容の神様』が増えてたんですよ」

「なんだ、それは」

「うん、ボクもそう思いました。なんだそれ、ですよねぇ」

口にするのが、どうにも恥ずかしい。

むむむと眉を寄せていると、レノックに拳で額をグリグリされてしまった。

「そんなわけの分からんスキルより、『料理人』のほうが俺としてはありがたい。レスリーの料理、めちゃくちゃ旨いから、うちの町を席巻中だもんな」

「まぁね～」

唐揚げやコロッケ、メンチ、マフィンや蒸しケーキ――レスリーが食べたくていろいろと作った中から、父親が売れそうなもの、売りやすいものを選んでレグノの町で売りまくっている。

「アルヴィンも、レスリーの料理は旨いって言ってただろう。うちでは料理長に教え込んで、食事が素晴らしく旨くなってるぞ。こっちに料理長も連れてきているし、食べに来るか？」

「ああ、それは嬉しいな。確かに、どれも素晴らしく美味だった。しかし……美容のほうは『神』なのに、料理は『人』か……その違いはなんだ？」

アルヴィンに聞かれて、レスリーは改めて考えてみる。

「さぁ……レベルの違い？　手や体を洗う石鹸すらない世界にとって、洗髪剤や化粧水は神レベルの製品ってことですかねぇ？　特に石鹸は、人間の生活を変えるかもしれないし……それに比べると料理のほうは、あくまでも発展系みたいな？　創造と発展の違いかなぁと」

「……なるほど。そう答えられるのがすごいな。本当にきみはレスリーか？」

笑いながら感心するように言われ、レスリーも笑い返す。

「夢のお告げで変わったんです。いろいろやりたいことがあって大変。時間、足りないですし」

レスリーは十八歳。年齢的にはもう結婚していてもおかしくない。アルヴィンとは小さい頃から婚約しているし、本当なら十六歳で結婚なんていう話もあったのだが、アルヴィンが「私はまだ未熟ものですので」と言って伸ばし伸ばしにしていた。

それがエドウィーナという少女の売り込みで事態に変化が出て、レスリーも自分の未来を陰鬱としたものにしないため必死だった。

何しろ相手は公爵令嬢で、王の姪。エドウィーナの両親――特に王の妹に当たる母親が猛烈にプッシュしているのだから、レスリーの分は悪い。

「レスリーは本当に変わったようだな。驚いた」

自分を見るアルヴィンの目が優しい。ドキリと胸が高鳴るのを感じた。

レスリーにとって最悪なのは、側妻にされて軟禁、子産みマシーンコースだ。ずっと好きだったアルヴィンの隣に他の女性が立ち、大事にされるのを見たくない。だから実家のあるレグノに住み続けるのがいいと思っていた。

けれどアルヴィンにこんなふうに見られると、諦めかけそうになっている恋心が疼く。

以前のような冷たい目で見られるのはつらいが、そのほうが諦めるのが楽だとも思う。

なんとも複雑な気持ちで見つめ合っていると、エドウィーナが割って入ってきた。

「わ……私はっ、闇魔法が得意なのです。あまり使える人の多くない、貴重な属性だと聞いております」

唐突だなぁと思いつつ、自分の良さを売り込むのに必死なエドウィーナにアルヴィンとレノックが付き合う。

「ああ、闇魔法は確かに、使える人間はそう多くないですね」

「強さにもよりますが、ダンジョンでは有効です。魔物を毒で殺したり、弱らせたところを倒すことができる。レベルはいくつですか？」

「そ、それは、あの……鑑定していただいたのはずいぶんと前なので……」

エドウィーナは途端に口ごもるが、鑑定スキルを持つ人間は少なく、大抵は大店の商店が高給で雇っている。もしくは教会でお布施を払って鑑定してもらうか。だから冒険者ならともかく、普通の人間は滅多に鑑定してもらうことはない。

「ああ、それならレスリーに見てもらったらどうですか？　鑑定のスキル持ちですよ」

レノックがそう言うと、エドウィーナは驚きに目を瞠る。

「えっ！　鑑定持ち？　すごい……何よ、それ。……でも、あの……恥ずかしいので……」

「恥ずかしい？」

「どうして？」

「お二方とも冒険者をされているから分からないかもしれませんけれど、自分のレベルはあまり人に見せたくないものなのです」

暗い声でじっとりと言うエドウィーナから黒いものが出ている気がして、レスリーはビクリとする。

（なんか……気持ち悪い……）

いろいろと拗らせていそうなエドウィーナには地雷が多そうで、面倒くさい。闇属性ということだし、こんなことで恨まれてもいやなのでレスリーは言う。

「許可なしに鑑定なんてしないので、安心してください。それに、それこそ冒険者でもなければ、そうそうレベルアップなんてしないし」

「そうしてちょうだい。勝手に見るなんて失礼だわ」

「いや、だから、しないって言ってますし。なんでしたみたいな言い方を？」

「しているに決まってるわ！　他人のレベルやスキルが見られるなら、普通、見るもの。

あなた、魔力、高いんでしょう？　私を鑑定して嘲笑っていたのね！」

そんなふうに決めつけられ、レスリーは困惑する。

「えー……意味が分からない。勝手に鑑定するのが普通なんですか？　誰の普通？　ボク、他人のレベルやスキルに興味なんてないけど……勝手に見て、バレたら面倒くさいことになりますしね」

興味があるなら本人に直接聞けばいいし、いやがる人をこっそり鑑定したりしない。

ムッとするレスリーの頭を、アルヴィンが宥めるようによしよしと撫でてくれる。

「普通というのは、その人物にとっての普通だ。もしエドウィーナ嬢に鑑定のスキルがあったら、いろいろな人を鑑定して嘲笑うということだな」

「……………」

「……………」

辛辣なアルヴィンの言葉にレスリーはなるほどそういうことかと納得し、エドウィーナはサーッと顔を青ざめさせている。

どうやら図星のようだし、自分がどんな態度をとっていたのか気がついたのかもしれない。

（ずっとか弱い女ぶってたのに、昨日から本性出まくりだなぁ。王様の姪にしては迂闊っ

ていうか、未熟っていうか……まぁ、今までのボクが攻撃しまくりだったから、簡単に可愛子ぶれたんだろうけど）

レスリーを落として自分上げしたいエドウィーナなので、レスリーからの攻撃がないと自分が動くしかなくなる。ひどいですわ、怖い……と被害者ぶれたときと違い、ちょこちょこ性格の悪さが顔を出していた。おとなしくて扱いやすいと思っていただろうアルヴィンも、考えを変えていそうである。

（うまくすると、ボクの正妻コースあり？　闇堕ちするかもしれない闇属性を妻にするのって、リスクあるよねー。しかもエドウィーナ様の性格がこれじゃ、ヤバい感じがプンプンするし）

王の姪とはいえ王からの扱いは冷たいし、ベータだし、利点は公爵令嬢とおとなしくて行儀がいいということだけだ。

今まではメリットのほうがデメリットを上回っていたかもしれないが、闇堕ちしやすそうな性格と判明したらデメリットのほうが遥かに大きくなる。妻が闇堕ちというのは、貴族にとって致命的だった。

エドウィーナ母娘が闇魔法の使い手というのは聞いていたが、ベータで魔力もレベルもそう高くないだろうし、おとなしく控えめな性格だから問題ないと思っていたに違いない。

（……うん、挽回のチャンスありそう。軟禁子産みマシーンコースを回避するのが一番の目標だけど、アルヴィン様のこと好きだし。諦めずに正妻を目指してがんばろっと）

若く、見目麗しいアルファのアルヴィン。辺境伯の嫡男だから他の貴族よりずっと体も魔力も鍛えているし、B級冒険者なだけあってとても逞しい。

アルヴィンの両親はともにアルファということで支えとなる兄弟がいないからか、それでなくても大変な辺境伯の地を一人でしょって立とうと張り詰めているのが分かる。

（そういうところも好きなんだよね）

マンティコアとの戦いを見てからレスリーの意識もずいぶんと変わり、好きだから独占したいという子供っぽい愛情に、アルヴィンを支えたいという思いが湧き出ていた。

（そのためには、ボクもいろいろ努力しないと……）

オメガだからと甘えずマナーに気をつけ、水魔法や鑑定のレベルを上げ、役に立つもの、美味しいものを作る。そのどれもが、アルヴィンのためになるのはずだ。

新たな目標のために、がんばろうと思うレスリーだった。

夜は早めに夕食をすませて、オルグレン家の夜会に出席する。

家族全員ビシッと正装で決めてオルグレン家に到着すると、ホールに入る前から女性たちに囲まれることになった。

昨日、母親やレスリーの髪を見て店にメイドを走らせた夫人や令嬢が多いらしく、みんな一様に興奮している。

「ごわついていた髪がやわらかくなりました！」

「櫛がすんなり通るんですのよ！」

「お肌がしっとりになりましたの！」

喜びの声が多数で、目がキラキラと輝いている。

髪は湯で洗うだけ、肌に塗るものといえば精製油しかない世界にとって、シャンプーやトリートメント、化粧水といったものは画期的であり、効果もすごいものがある。

「メイドに、サラサラすぎて髪が結いにくいなんて言われてしまいましたのよ～」

「私もですわ！　夫にも、綺麗だって褒められましたわ」

「それに、ハチミツの甘い香りがふわっと匂うのって嬉しいものですわよね」

「ええ、ええ、本当に」

さすがに貴族の女性たちは、高いほうの商品を購入したらしい。だから当然、効果も大きいわけだ。

レスリーはうんうんと頷きながら女性たちに言う。

「洗髪料はしっかり洗い流して、栄養剤のほうはつけたあとしばらく時間を置いてくださいね。一番いいのは、髪の栄養剤をつけたあとにあたたかいタオルでクルッと頭全体を包んで、ゆっくり浴槽に浸かることです。疲れも取れるし。それで、上がる直前に洗い流して、顔を洗って、すぐ化粧水と乳液です。化粧水は、早さが命。石鹸で顔を洗うと皮脂が落ちて乾燥しやすくなるので」

まわりを囲む女性たちは、ものすごく真剣に話を聞いている。

「それでも乾燥が気になるようでしたら、お持ちの精製油を薄く塗るのもいいと思います。冬なんかは、乳液だけじゃ足りないかもしれないですから」

「ハンドクリームというのも、購入しましたの。手がしっとりとなめらかになりますけれど、あれをお顔に塗るのはいけないかしら」

「大丈夫ですけど、塗るなら夜だけにしたほうがいいですよ。あれも油なので、どうしてもベタついた感じになりますから」

誰もが初めて使う製品なので、次から次へと質問が飛んでくる。どうやらレスリーが来るのを今か今かと待ち構えていたらしい。

ちょっとした騒ぎになっているところにアルヴィンがやってきて、にこやかに言う。

「レスリーは、大変な人気ですね。ですが、そろそろお客様も揃い始めておりますので、ホールのほうへどうぞ」

「あ、あら、失礼いたしました」

「つい気持ちが逸ってしまって。ほほほ」

そんなことを言いながら、女性たちはゾロゾロとホールに向かう。

「やれやれ。女性方の美に対しての情熱は怖いものがあるな」

呆れたようなアルヴィンの言葉に、レスリーはう～んと唸る。

「この感じだと、お店、大変かも。明日、見に行こうかな。兄様……」

「はいはい。付き合うよ」

「ありがと。お礼にマフィンをたくさん作るね」

「木の実入りと、チーズ入りもな」

「はいはい」

「料理長のも旨いんだが、レスリーが作ったやつは一段上の味なんだよな。どうしてだ？」

「どうしてだろうねー。同じレシピで作っているから味に違いはないはずなんだけど、捏ね方や捏ね具合なんかで変わってくるのかも」

料理スキルは、伊達ではないのかもしれない。それに料理を作るうえでの感覚は、回数を重ねないと分からないものがある。だからできあがりに差がついてしまい、レノックはレスリーに作ってくれと催促することが多かった。

「父がそろそろ挨拶を始める。レスリー、一緒に来てくれ」

「えっ、ボクも?」

「私の婚約者だろう」

そう言われても、今まで挨拶の席で一緒にいたことなどない。

実際に結婚を意識し始める十五歳頃から距離を取られていたのに、今日は挨拶のときに一緒にいろと言う。

「………」

それには、ものすごく大きな意味がある。

レスリーも十八歳。結婚を引き延ばすのも限界だから、今シーズンでてっきり婚約破棄、もしくは婚約者のすげ替えが行われると思っていた。いきなりは無理なので、シーズンが終わるまでの二ヵ月の間にジリジリとレスリーを遠ざけ、エドウィーナと一緒にいるのを見せ始めるのかと思っていたのである。

実際、昨シーズンからその兆候はあったのに、オルグレン家への三日間の滞在と夢のお告げが流れを変えた気がする。

(これって、どういうことなのかな？　エドウィーナ様と天秤にかけて、ボクを取った？　ボクもがんばったし、今回のエドウィーナ様の態度のおかげで挽回できたのかも。シャンプーや化粧水なんかをあげたのも効果あったのかな？)

アルヴィンの母親なら、これらの製品がどれだけ画期的で、どれだけ利益を生むか分かるはずだ。そして夢のお告げを受けられたレスリーの価値にも。たとえあれ一度きりで終わりだとしても、貴族の妻としてのステータスになる。

(夢のお告げの勝利？)

そんなことを考えながらアルヴィンの両親に合流し、少し高くなった檀に上がってアルヴィンの父が挨拶するのをニコニコしながら聞く。

(とりあえず婚約者の座をキープかなぁ……って、おう！　エドウィーナ、怖っ。めちゃくちゃ睨まれてる。恨みがましい、憎悪たっぷりの目で睨んでるーっ)

アルヴィンと、その両親と一緒にいるレスリーを、エドウィーナが恐ろしい形相で睨みつけていた。

エドウィーナにも、レスリーが三人とここに立っている意味が分かっているに違いない。

　さすが闇属性だけあって形相はすさまじいものがあるし、怨念がたっぷり込められていて鳥肌が立つ。

　鬼気迫る雰囲気のエドウィーナからじわっと黒いものが漏れていて、まわりの人たちが少し気分が悪そうになる。

（あれは……ダークミスト？）

　知識としては知っていても、見たことがないから確信が持てない。レスリーはアルヴィンの服の腕をツンツンと引っ張り、こっそりと聞いてみる。

「アルヴィン様……エドウィーナ様を見てください。あれ……ダークミストですか？」

「ダークミストを見たことがないから断定はできないが……そう見えるな。しかし、あれは攻撃魔法だろう？　本人が意識して繰り出しているようには見えないが……」

「ですよねー。無意識？　だからかなぁ……なんか、イメージと違うっていうか……」

　アルヴィンの両親の後ろでコソコソと話をする二人の姿は、仲睦まじく見えるに違いない。そのせいかエドウィーナのまとう闇が濃くなって、射貫かれそうな殺気を感じた。

（怖ーっ！　死ね、死ねって思ってるのが伝わってくる〜。マジなやつだよ、これ）

　箱入りのお坊ちゃまであるレスリーは、誰かに殺気を向けられたことなどない。アルヴィンの婚約者という立場を妬まれ、嫌みや皮肉を言われることはあっても、そこに殺気はなかった。

けれどエドウィーナからは、本物の殺気が伝わってくる。

エドウィーナのまわりを漂う黒い瘴気のようなものが濃くなっていき、近くにいる人々はいよいよ気分が悪そうになってる。中にはソッとホールを抜け出す人も現れ始めた。

「……あれはまずいな。レスリー、少し離れてくれ」

「あ、はい」

怖さのあまりアルヴィンの後ろに隠れるようにしてしまったが、その際ついくっついていたのでエドウィーナの殺気が濃くなったという面がある。

彼の家の夜会で倒れる招待客が続出というのは確かにまずいだろうと、レスリーは慌ててアルヴィンから離れた。

すると、分かりやすくエドウィーナのまわりの闇が薄くなっていく。

「あれ……みんな、見えないのかなぁ……」

「一定以上の力がないと見えないのかもしれないな。事実、一部のアルファとオメガは気がついたようだ。……魔力の多さにもよるのか？　鑑定や千里眼スキル？　ただのダークミストなら、魔力やスキルに関係なく見えるはずなんだが……」

「じゃあ、ダークミストじゃないかもしれないですね」

アルヴィンの両親も気がついたと思うのだが、一切態度に出すことなく挨拶を終える。

グラスを掲げての乾杯のあとは、そこかしこで楽しそうなお喋りが始まる。

そしてオルグレン家も壇から降りて、人の輪の中に入っていった。

待ってましたとばかり女性たちがレスリーに群がってきて、シャンプーなどの話になる。みんな美容用品を一通り買って使ってみたらしく、大興奮だ。まだ使っていない女性たちに、嬉しさ全開で自分の髪を触らせている。

湯や水で洗うしかないのに腰まで伸ばしている髪はダメージが大きいから、一回のシャンプーとトリートメントでも効果がはっきり感じられるようだった。

これまでわがまま高慢なお子様と避けられていたレスリーだが、夢のお告げの美容製品のおかげで注目の的である。

レスリーも今までの癇性を忘れたように穏やかに相手をするから、人の輪は大きくなる一方だった。

（……おおぉぉ！　またきた殺気！　どこから睨まれてるのか分かるほど強いって、何事!?）

ゾクゾクとした寒けにそちらのほうを見てみれば、思ったとおりエドウィーナが嫉妬と憎悪の目で睨みつけている。まとわりつかせた黒いモヤがこちらに向かっているのに気がついて、悲鳴をあげそうになってしまった。

「ア、アルヴィン様……あれ……」

「ああ、まずいな。当家の夜会で、気分の悪い客が続出になる」

「そっちじゃなくて！」

呑気なアルヴィンに、レスリーは思わず突っ込みを入れてしまう。

「あの程度のダークミストなら燃やせるが……それを夜会でするのもな……まったくエドウィーナ嬢はこういう女性だったのか。困ったものだ」

「いやいや、ぼやいている場合!?　ダークミストが思いっきり近づいてきてるんですけど〜っ」

ダークミストの攻撃目標は明らかにレスリーだし、レスリーの使える水魔法は闇魔法と相性が悪い。

どうやって防御していいのかも分からず、オロオロしてしまった。

「怯える顔も可愛いな。夢のお告げの前とは、大違いだ」

「そういう話はあとで！　目の前にある危機をなんとかしてくださいい〜っ」

アルヴィンは冒険者でもあるからこれくらいは危険と思わないのかもしれないが、レスリーにとっては向かってくるダークミストは恐怖でしかない。

本当ならギャーッと悲鳴をあげたいところだが、アーヴィンの家の夜会をめちゃくちゃにはできないからヒソヒソ声での会話だ。

まわりの女性たちに聞こえないようにとなると、かなり密着することになる。女性たちは「仲がよろしいこと。うふふ」と楽しそうだが、レスリーはそれどころではなかった。

「大丈夫。父が気がついているから、排除するはずだ。挨拶のときから警戒していたからな」

その言葉どおり、アルヴィンの両親がにこやかにエドウィーナに近づいている。

「……あ、本当だ」

二人が話しかけるとダークミストがスーッとエドウィーナの中に戻っていき、さり気なくホールの外へと連れ出される。

姿が見えなくなると、レスリーはホッと安堵の吐息を漏らした。

「ああ、怖かった……」

「エドウィーナ嬢が闇属性なのは知っていたが、あれはまずい。力をコントロールできないのは、貴族として最悪だぞ。公爵家は大変だな」

どうやら今回のダークミストのおかげで、エドウィーナは正妻レースから外れたらしい。アルヴィンの言い方はエドウィーナを切り捨て、完全に他人事になっていた。

そっちのほうでもホッとしたが、エドウィーナの恨みがさらに増しそうで怖い。

「夜会は三時間ほどでお開きになる。詳しい話はそのあとだな。クラーク男爵とも話し合わないと」

そうなのかと頷いて気を取り直し、再びにこやかに女性たちの相手をする。

しばらくして戻ってきたアルヴィンの両親に、エドウィーナは気分が悪そうだから返したと言われ、心の底から安堵した。

もうエドウィーナはいないんだとリラックスして、カナッペに似た軽食を摘み、ダンスの時間にはアルヴィンと一緒に踊る。

これまでのアルヴィンは、いつも一曲だけ踊ると義務は果たしたとばかりとっととといなくなったのだが、今日は夜会の始まりからずっと一緒にいてくれた。

態度が変わりすぎじゃないかと思いつつ、嬉しくて仕方ない。

ダンスが大好きなのにアルヴィンは一曲しか踊ってくれなかったから、父や兄たちを相手にするしかなかったのだ。他の貴族の男性が何人もダンスを申し込んできたが、アルヴィン以外に興味のないレスリーは婚約者以外とはちょっと……と断っていた。

でも今日は何曲もアルヴィンと踊って、喉が渇いたら果実水をもらって。踊るのをやめると途端に女性たちに囲まれるが、彼女たちはアルヴィンに秋波を送るために来たわけではないからピリピリしなくてすむ。

怖いエドウィーナもいないし、レスリーはニコニコで夜会を楽しんだ。


夜会の終わりを告げる音楽が流れると、残っていた招待客たちがゾロゾロと帰っていく。けれどレスリーたちは残って、応接間で話をすることになった。

レスリーの父親とアルヴィンの父親は、昔なじみの友人だ。若い頃は組んでダンジョンを攻略し、ともにドラゴンを倒してSS級冒険者になっている。

だからまわりの目がないところでは、気安い友人の顔を見せる。

「レスター、エドウィーナ嬢のダークミストを見たか？」

「もちろんだ。無害なベータと思っていたのに、意外だったな。あれは普通のダークミストではないだろう」

「ああ。変質した進化系らしい。アルファと一部のオメガ以外は見えていなかったな」

「あの娘のレベルはどれくらいなのか……あのダークミスト以外に何が使えるか調べたほうがいい」

父親の言葉に、みんなが鑑定スキル持ちのレスリーを見る。

「えーっ。ボク、もうエドウィーナ嬢と会いたくないんですけど！　鑑定とかやだっ」

「社交シーズンなんだから、会わないのは無理だろう。彼女の恨みの先はレスリーなんだから、鑑定をしておかないと自分の身が危ないぞ」

アルヴィンの言葉に、レノックがうんうんと頷いている。

「こっそり鑑定して、レベルと使える魔法を調べたほうがいいって。怖いとか、マナー違反とか言ってる場合じゃないぞ」

「それはそうかもしれないけど……」

鑑定をするためには、ある程度近くに行く必要がある。自分に向かってきたダークミストを思い出すと、考えるだけでゾッとした。

眉間に皺を寄せ、むむっと唸るレスリーに、アルヴィンの父親が言う。

「あの娘は、危うくうちの夜会を潰すところだった。感情のままダークミストを発動させていたようだし、公爵に言って魔力封じの腕輪をつけさせたほうがいいだろう。そのためにもある程度の能力を把握したいから、ぜひ鑑定を頼むよ」

「うーん……でも、そう簡単に魔力封じの腕輪なんてつけさせられますか？」

「難しいだろうが、事が起こってからでは大変だぞと説得しよう」

魔力を暴走させがちな子供ではないのに魔力封じの腕輪をつけさせられるということは、魔法がコントロールできないか、魔法を使って悪さをしたということになる。どちらにしても不名誉なもので、嫁入り前の娘には大変不利だ。

エドウィーナは高位貴族なのにベータ、それに加えて魔力封じの腕輪つきでは、公爵令嬢といっても嫁入り先を見つけるのが難しくなりそうだった。

実際、エドウィーナを対外的な社交を任せる正妻に……と考えていただろうオルグレン家はあっさりとそれをやめている。それくらい、今日のエドウィーナの暴走は大問題なのだ。オメガであるレスリーの子供っぽいわがままとはわけが違う。

一定以上の力の持ち主ならあのダークミストは見えるようだし、もしエドウィーナが正妻になってからアルヴィンが他の女性やオメガと絡むたびにダークミストで攻撃されたら、オルグレン家は社交界に顔出しできなくなる。相手の怪我や病気の程度では莫大な慰謝料を払う必要も出てくるし、なんのための正妻なのかということになってしまう。

レスリーが夢のお告げを受けたり、うっかりおとなしくなったのもエドウィーナ排除の判断を大いに後押ししているだろうから、ホッとするやら怖いやらで複雑な気持ちだった。

「なんか、ますます恨まれそう……」

ふうっと溜め息を零しながら呟くレスリーに、父親が頷く。

「もう、充分恨まれている。闇属性は恨みつらみを忘れることはないぞ。王城での夜会以来、うちの結界に闇魔法での攻撃があるんだが……もしやあれもエドウィーナ嬢ののかもしれないな」

「えっ、そうなんだ」

「ああ。敷地を魔石で守っているんだが、朝になると闇魔法が使われた痕跡がある。あの程度なら弾き返せるとはいえ、毎晩攻撃を受けているのは確かだ」

それに対してレノックが、眉間に皺を寄せて言う。

「狙いはレスリーか」

「タイミング的にも、それしかないだろう」

「うーん……ダークミストなら火魔法でなんとでもなるけど、場所が問題だよ。今日みたいな感じだと、正当防衛とはいえ夜会をめちゃくちゃにするのはまずいだろ。それに、うちにまで攻撃があるっていうことは、結構な距離を飛ばせるっていうことか？　さすがに公爵家の令嬢が、夜中にうちの近くまでやってこないだろう？」

「今日の様子を見るかぎり、意図的に攻撃してくるというわけではなさそうだ。睡眠中は理性が利かないからこそリミッターが外れて、能力を最大限に使えるのかもしれないな」

「本人も、自分がダークミストを放っているのに気がついていなそうだったしな」

高位冒険者たちはエドウィーナの能力を的確に分析していく。

「ふんふん、なるほどー……って、怖いんだけど！」

すでにもう付け狙われているというのは、怖すぎる。夜中にダークミストが屋敷のまわりを殺意を持って蠢いているのを想像すると、まんまホラーだとゾーッと鳥肌が立った。

「あの娘に魔力封じの腕輪をつけるまでは、外に出るときはレノックと一緒にいるんだ。B級以上の冒険者を長期の護衛で雇うのは難しいからな」

「C級じゃダメなんだ……」

「普通ならC級でも大丈夫だが……あのダークミストは、どうもおかしい。もしかしたらC級では危険かもしれない。しかしB級以上となると、護衛よりダンジョンに潜りたがるものなのだ」

「うーん。それじゃ、兄様よろしく」

「はいはい。俺も、ダンジョンに潜る仲間たちと打ち合わせをしたいんだけどなー。うちでやるか」

「そうしなさい」

方針が決まったところで、帰ることにする。

アルヴィンの両親に挨拶をして、玄関まで見送りに来てくれたアルヴィンに気をつけるよう言われる。

「エドウィーナ嬢の狙いはレスリーだからな」

「兄様から離れないようにします」

「そうしてくれ」

アルヴィンの手が優しくレスリーの髪を撫で、頬にお別れのキスをされる。

婚約者としてはそれほど珍しい行為ではないが、レスリーは初めてだ。子供のとき以来かもしれない。

（ほわわ〜。アルヴィン様にキスされちゃったー）

思わず顔が赤くなり、硬直したレスリーだが、レノックに背中をグイグイ押されて馬車まで連れていかれる。

（ほっぺたに、チュッって……チュッってぇぇぇ）

まさしく、夢見心地だ。

胸がドキドキし、心も体もフワフワした気持ちのままレノックは帰宅の途に就いた。

★★★

シーズンの初めの頃は、王族や高位の貴族たちが、日にちがかち合わないように気をつけつつ連日夜会がある。

招待されるのは男爵である両親で、レスリーが連れていってもらえる夜会は少なかったのだが、今年は別だ。美容用品の店が大人気なおかげで、レスリー個人宛てに山のような招待状が届いている。

それを父親が精査し、行ったほうがいいものだけを選んでくれた。もちろん、レノックの護衛つきである。

レノックは面倒くさいとブーブー文句を言ったが、チーズケーキやパンケーキをお礼にして付き添ってもらった。

それに、店に出すトリートメントや化粧水を作ったり、料理長と一緒にクラーク家で行う夜会のための料理やお菓子の試作をしたり。ダンジョンの打ち合わせにアルヴィンと仲間が来たから、試食してもらったりと、なかなかの充実ぶりである。

今度はアルヴィンもレスリーに胡乱な目を向けたりせず、優しく接してくれたから、レスリーはご機嫌で打ち合わせの合間にせっせと料理やオヤツを差し入れした。

この日の夜会の主催は、国の東の領地を守る辺境伯だ。

レグノがあるアルヴィンの領地とは反対側にあり、現れる魔物や食文化も違う。料理スキルを得たレスリーにとって興味深いだろうと、選んでくれたらしい。

顔を出すなり、例によってレスリーは女性たちに囲まれてしまう。

すでにもう社交界をシャンプーや化粧水が席巻していて、その効果に感謝しているとのことだった。

「髪が……私の髪に輝きが戻ったのです～」

「ツヤツヤです！　サラサラです！　レスリー様、ありがとうございます～」

「洗髪剤はしっかり洗い流して、栄養剤はしっかり浸透ですからね～」

「「「はいっ」」」

キラキラと目を輝かせた女性たちとレスリーの様子を見ていたレノックが、ポツリと「レスリー教かよ……」と呟いた。

ちょっと否定できないものがあるなぁと思いつつ、ゾロゾロとホールに移動する。

主催であり辺境伯の挨拶が終わってしばらくすると、夫人に声をかけられる。やはり内容は美容用品に関してのことだ。

レスリーはもう幾度となく繰り返した注意点や効果のある使い方を教え、髪の栄養剤と乳液をさらに改良中なんですよ～と言う。

そして、自分の住む町とは反対側にある夫人の地での料理や調味料について聞いた。

塩や胡椒、酢……やはり大体は同じだが、そこに豆汁という言葉が飛び込んでくる。なんでも、隣国から移り住んだ住民が豆から造る調味料だという。

(そ、それ、もしかして醤油？　醤油なのか!?)

それに、豆土というものも。どちらも豆を発酵させて、液体と固体の調味料にするらしい。

(み、味噌？　味噌ですか!?)

レスリーは興奮して、少しでいいから分けてほしいと懇願する。

その二つは、日本人の意識が溶け込んでいるレスリーにとって、喉から手が出るほど欲しい調味料かもしれない。

「で、でも、あまり期待しないでほしいのですけれど……どちらも塩気が強くて、炒めものやスープへの風味づけくらいにしか使えないのよ」

「ボク、料理スキル持ちです！　夢のお告げの力で、すごく美味しい料理にしてみせます！」

たとえ醤油と味噌でなかったとしても、調味料が多彩になれば作れる料理は増える。

「あ、あら……まぁ、それほど言うなら、帰りに少しお持ちいただきましょうか」

「本当ですか!? ありがとうございます。それではお礼に、新しい美容用品が完成したら、真っ先にお届けしますね」

「んまぁ！ それは嬉しいですわ。どうもありがとう。豆汁と豆土、お気に召しましたらおっしゃって。いくらでも融通させていただきますわ」

「ありがとうございます！」

二人ともに心から欲しているものが手に入るとあって、鼻息が荒かった。

（すごい収穫だ！ 夜会に来てよかった〜。父様、ありがとう！）

ニコニコしながら夜会を楽しんでいると、視界にエドウィーナの姿が映る。

「あっ、ヤバ！ 兄様、エドウィーナ様がいるよっ」

小声でレノックに言って、体の陰にサササと隠れる。

レスリーとしてはそのまま離れてほしかったのだが、エドウィーナに視線を向けたレノックにそのつもりはなさそうだった。

「こっちに気がついてないぞ。もう少し近づくから、鑑定してみろ。なんなら俺が声をかけて、挨拶をするし」

「うう……見つかりたくない……」

「それはお前の能力によるな。どれくらい近づけば鑑定できるかしだいだ」

「むーっ」

あの夢のお告げ以来、かなりの頻度で鑑定をしているから、ずいぶんとレベルが上がっている。それなりの距離があっても鑑定できるようになったので、気がつかれないようにしながらジリジリと近づいていった。

「――あ！　成功、成功。んーと……体力、魔力、攻撃力、防御力、全部100以下。低っ。スキルはなしで、使えるのは闇魔法のみ……ダークミストとポイズンクラッシュだって」

「そうか……じゃあ、離れるぞ」

「うん。絶対、見つかりたくない」

さり気なくホールの反対側に移動して、隅のほうでホッと安堵の吐息を漏らす。

「魔力100以下って、低いよね？　兄様、いくつ？　ちなみにボク、夢のお告げの前は3000だったんだけど、お告げのあとは9999とかになったんだけど」

「はぁ？　本当かよ。なんだ、そのでたらめな数字。……くそっ。どうせ俺は2000しかないよ」

「2000って、多い？」

「多い。普通は100から300……せいぜい500っていうところか。冒険者でも、B級とA級の境が1000といわれている。魔力が1000以上ないと、A級に上がるのは難しいっていうことだ」

「あ、じゃあ2000はやっぱり多いんだね。そう考えると、お告げ前のボクの3000もすごいなぁ」

「オメガはアルファの子供を産むために、魔力が多いっていわれているからな。だが、いくらなんでも9999は異常だ。そんな数字、聞いたことがないぞ」

「やっぱり、そうなんだ……せっかく魔力たっぷりなんだから、水魔法を練習してレベル上げするべきかな？　でも、時間がないんだよねぇ」

今ある美容用品をもっといいものにしたいし、料理やお菓子もいろいろ作りたい。醤油や味噌が手に入るかもしれない今、料理が最優先事項だ。

レスリーのまわりには元SS級冒険者や現役B級冒険者がいるし、危険なところにも行かないから今まで水魔法の練習をしようとは思わなかった。

けれどせっかく豊富な魔力があるし、辺境という厳しい土地に嫁ぎますアピールに、強力な水魔法を使えるのはいいんじゃないかと考える。

「むむむっ。やっぱり水魔法、ちょっと練習してレベル上げしよう……」

「おい、今はそんなこと考えている場合じゃないだろうが。まずは、エドウィーナ嬢だ。本当に100以下の魔力しかないのか？　あのダークミストは、かなりなものだと思ったんだが」

「だって、鑑定でそう出たし。……あぁ、でも、そういえば変だったかな？　闇魔法って書いてあったところが、なんかモヤモヤして見えにくかったんだよね。ぶれてるっていうか、揺らいでるっていうか……」

「なんだ、それ」

「初めて見たから、分かんない。父様なら知ってるかな？」

「帰ったら、聞いてみるか」

「うん」

兄弟でコソコソと真剣に話しているのを、女性たちが遠巻きにしている。空気を呼んで、声かけしないでいてくれるらしい。

けれどレスリーがふうっと息を吐いてメイドから果実水をもらうや否や、ワッと近づいてきた。

「髪の栄養剤と乳液を改良してらっしゃるって、本当ですか？　今よりさらに効果の高いものが!?」

「私、雨の日は髪の毛が広がって大変なんですの。何か抑える方法はないでしょうか？」

「それ、私も同じ悩みですわ！」

「まぁ！　大変なんですのよね。仕方ないから、精製油を塗って結うしかないのですけど……」

「ええ、ええ、分かりますとも」

その悩みは、ストレートヘアのレスリーにとっては関係ないから、考えもしなかった。

「あー……そうか、整髪剤……」

思わず漏れた呟きは聞き逃されることなく、同じ悩みを持った女性たちがすかさず食いついてくる。

「すでにある栄養剤や乳液より、ぜひその整髪剤とやらを先にお願いします！　レスリー様の髪の栄養剤のおかげで鳥の巣みたいな状態は脱しましたけれど、その代わり広がって大変なんですの～」

「私なんて、雨の日は外出をやめることもありますのよ。なんとかしてくださいませ～」

悲痛な訴えに、レスリーは慌ててコクコクと頷く。

「ああ、はい、分かりました。整髪剤を作るのを先にします」

「「ありがとうございます！」」

「やっぱりレスリー教か……」と言うレノックの呟きは聞こえないことにして、レスリーはエドウィーナの居場所を気にしつつレノックに囁く。

「アルヴィン様、来ないのかなぁ。同じ辺境伯なのに」

「ああ、それは反対側の領地だからだよ。南や北はいざとなったら連携の必要があるかもしれないから、そっちとは交流があるはずだ」

「なるほどね……」

納得の理由である。

南や北とは領地が面しているので、有事の際には協力する必要がある。それゆえ、定期的に連絡を取り、互いの情報を共有しているらしい。

アルヴィンに会えないのを残念に思いつつ、レスリーはエドウィーナに警戒しながらも夜会を楽しんだ。

★　★　★

それからいくつかの夜会や茶会で、アルヴィンと会うことができた。

そのたびにエドウィーナが両親に伴われてやってきて、アルヴィンに話しかけるのをグッとこらえることになる。

レスリーの恋心がキーキーと喚き立てるが、ここでヒステリーを起こせば墓穴を掘ることになる。貴族なら、にこやかな笑みを浮かべて敵を撃退しなければいけないのだ。

レスリーはがんばって堪えた。ものすごーく、がんばった。

明らかにアルヴィンの正妻の座に狙いをつけてくっつこうとするエドウィーナと、それを後押しする公爵夫妻にイライラしつつ、笑顔で「婚約者はボクです～。近寄んな」と牽制したのである。

アルヴィンの左側をガッチリと固め、右側はレノックが気を利かせて塞いでくれたから、エドウィーナがアルヴィンの隣に立ってくっつくことはできなかった。

アルヴィンもヒステリーを起こさないレスリーに優しく、ちゃんと婚約者として接してくれたので、心穏やかにいられたのも大きい。

ただ――アルヴィンがレスリーを見つめるたび、優しく微笑むたび、エドウィーナからモヤッとした黒いものが出ている気がして怖かった。

さすがに、オルグレン家の夜会のときのようなダークミストは出ていない。

それでもレスリーの目には、エドウィーナのまわりを取り巻くダークミストが見えるような気がするのだ。

アルヴィンやレノックにすら見えていないらしいそれは実に禍々しく、エドウィーナの少ない魔力には似つかわしくない恐ろしさを秘めているように見える。

(うぇ～ん。だから会いたくないんだよ！　なんでこの人、こんなに怖いの？　腐っても王家の血ってやつ？)

建国の父である始祖の王は、すさまじいまでの魔力と特殊な能力を持っていたといわれている。けれど代を重ねるにつれて血は薄まり、魔力も減ってきていて、特殊な能力を持つものもなくなっていった。

今の国王はアルファで、とても有能で魔力も多いが、特殊能力持ちではない。

そもそも特殊能力は激動の時代に出現するといわれていて、平穏が続いている今は必要ないのかもしれない。

王家の文献には特殊能力がどんなものだったか記載されているらしいが、それは秘匿とされている。ただ、これといった固定したものではなく、本人の資質によって違うらしいというのは語り継がれていた。

エドウィーナはベータで魔力も弱いが、王家の血が流れている。エドウィーナ的にはアルヴィンという夫を手に入れるための戦いに、特殊能力が目覚めたのかもしれない。

(途中からボクががんばって、巻き返してるもんなぁ。ボクがアルヴィン様を取られる危機感で前世の記憶が蘇ったように、エドウィーナ様もアルヴィン様を奪い取るのが不利になったのを感じて王家の血が騒いだのかも……?)

おかげでアルヴィンにくっつきたいのにくっつけず、でも婚約者としての主張はして──と、なかなか大変だった。

そんなレスリーが楽しみにしていたのが、ブラウン子爵家の夜会だ。

この家の三男はアルヴィンとレスリーの兄たちのダンジョン仲間で、エドウィーナたちは交流がないから招待されていない。

おまけにアルヴィンがレスリーのエスコートのために迎えに来てくれるというので、嬉しくて仕方なかった。

レノックはこれ幸いと、最近仲良くなった伯爵令嬢をエスコートするらしい。

一人娘でアルファの令嬢は、婿養子となってくれるアルファの男性を探している。夜会でレスリーに話しかけてきた女性たちのうちの一人で、金茶の髪と琥珀の瞳の可愛らしい令嬢だ。

どうやらレノックの好みらしく、ずいぶんと愛想よく話しているのをレスリーは内心でニヤニヤしながら眺めていた。

首尾よくエスコートを任せてもらえたということは、将来の伯爵候補として認められたようだ。

おかげでレスリーもアルヴィンと馬車の中で二人きりになれて、お互いに大満足である。

メイドと相談しながら浮き浮きと服を選び、ちょっと大人っぽく見える青の上着を選ぶ。サイドの髪の毛も揃いのリボンで綺麗に結ってくれて、がんばってくださいねと送り出された。

オルグレン家の狼の紋章が入った馬車で迎えに来たアルヴィンに手を取られ、馬車に乗るのを助けてもらう。

今日のアルヴィンはエスコートモードなのか、実ににこやかだった。

(ああ～、格好いい～。魔物と戦う冒険者のアルヴィン様も格好いいけど、貴公子アルヴィン様も格好いい～)

そもそもこんなふうにレスリーを見て、相手をしてくれるだけで嬉しい。

二人きりの馬車の中、レスリーはニコニコしながらダンジョンにいつ潜るのか聞く。

「シーズンが終わったらすぐだ。今回は二週間くらい潜る予定だが……ぜひマジックバックを手に入れたいな」

「ああ、いくつあってもいいっていいますもんねー。時間経過のないやつが欲しいって、兄様たちも言ってたなぁ」

「そうなんだ。ダンジョンに潜るのは好きだが、食事がどうにも……」

干し肉と木の実、カチカチの乾パンのような携行食で何日も過ごすのが苦痛らしい。

アルファの子爵家三男はアイテムボックス持ちだから、そちらで可能なかぎりまともな食料を持ってもらうが、四人が二週間ダンジョンに潜るとなるとやはり嵩張らない携行食頼りになるとのことだった。

「レスリーは料理スキル持ちだろう？　もう少しまともな携行食を作ってくれないか？」

「携行食……携行食……うーん、食べたことないからなぁ」

レグノはダンジョン都市だから、冒険者向けの店が多数ある。当然、携行食の店もたくさんあるものの、美味しくないと分かっているそれをレスリーが口にする機会はなかった。

「干し肉と木の実はまだいいとして、主食となるカチカチのパンがつらいんだ」

「あー……水分抜かないと、カビが生えちゃうから……それでもって、嵩を増やさないためにギュウギュウに圧縮されたようなパンかぁ……それは確かにまずそう……うーん、携行食……」

前世の食品には防腐剤が入っていたり、入れ物が工夫されていたりでずいぶん賞味期限が延びている。それに缶詰や真空パック、フリーズドライなどの文明の利器もあった。

防腐剤って成分はなんだったっけなぁと考えて、うんうんと唸る。

「携行食を美味しくできれば、うちの町のためにもなるしなぁ……うう～ん、ちょっと考えてみます……」

「頼む。レグノには高位の冒険者が多いから、多少高くても買うはずだ」

「ですよねー。そっちへのサービスにもなるか」

「ああ。それと、母が化粧水と乳液に感動していた。連日の夜会で、いつもなら肌が荒れて大変なのに、今年はレスリーの美容用品のおかげで快調だそうだ」

「それはよかったです。女の人は白粉を塗るから……あれも作ってみたいけど、全然時間が足りない……」

携行食は社交シーズンが終わるまでに作ればいいが、その前に整髪剤だ。東の辺境伯夫人から譲ってもらったちょっと癖のある醤油と味噌の料理もいろいろ試したいし、やりたいことがたくさんある。

「一回、やらなきゃいけないことを書き出して、順番づけしないとダメかなぁ」

「……本当にレスリーは変わったな」

アルヴィンに優しく見つめられて、レスリーの顔が赤くなる。照れながら、「夢のお告げのおかげです」と言った。

「作りたいものが次々に出てくるし、父様がガッツリそれを商売にするからやることが増えるし。シーズンが終わる頃には、レグノにボクのレシピを使う店が増えてるんじゃないかな。『夢のお告げ亭』を作るとか言ってるから、またやることが増える……」

父様はこき使いすぎだとぼやいていると、クスクスと笑われた。

「楽しそうだな。忙しくても、やりがいがあるか？」

「はい！　暇なのって、退屈。大変だけど、やることは多いほうがいいかな。いや、でも、やっぱり父様はこき使いすぎ……」

もっとも、店の準備や料理人の手配といった一番面倒くさい部分は父親がやるから、レスリーは店に出しやすい料理を考えるだけだ。とりあえずどんどん作っていって、みんなに選んでもらうことになる。

二人きりでも会話に詰まることなく、あれこれ話している間に子爵家に着く。

アルヴィンは馬車から降りるときも手を貸してくれて、そのまま腕を組んで屋敷の中に入っていく。

今日はエドウィーナがいないと分かっているから、ビクビクせずアルヴィンにくっついていられる。それに夢のお告げ以前は腕を組むとさり気なく外されたのに、今はそのままにしてくれていた。

さすがに女性たちの美容用品熱も落ち着いてきたから他の招待客と穏やかに談笑できて、楽しい時間を過ごせる。

レノックも、エスコートしてきた伯爵令嬢が友達と話し込んでいるということで、合流してきた。

アイテムボックス持ちで水魔法が使える子爵家三男のバートは、アルヴィンたちと違って冒険者を本職にするつもりだから、他の冒険者とも組んであちこちのダンジョンを経験しているらしい。

けれどやはりアルヴィンたちアルファと組むのは格別なようで、アルヴィンたちが潜るときは声をかけてくれとのことだった。

レグノにも長期で滞在したりしているから、もしかするとレスリーよりレグノの町に詳しいかもしれない。

「なんか、やたらと旨い屋台が増えてきたんだよ。唐揚げとか本気で旨くて、毎日買って食ってたな」

「あ、それ、ボクの夢のお告げレシピ。コロッケはどうですか？」

「あれも旨ーい。でも、メンチのほうが好きだな。肉って感じがして」

「むーっ、やっぱりか。冒険者って、肉好きが多いんだよね。となると、『夢のお告げ亭』も肉々しい料理のほうがいいのかな？　でもそうすると、男客ばっかりになっちゃう……ムサい……」

ブツブツと呟いて、「あ……『夢のお告げカフェ』なんてどうかなぁ」と、自分の首を絞めるようなことを思いついてしまう。

「ダメダメ。これ以上、無理っ。余裕ができたら考えればいいや」

迂闊なことを口にすると、父親が嬉々として実現させようとしてしまう。

特にレスリーの料理はレグノの町を盛り立てるので、どんどん屋台を増やし、レシピも売りまくっているのだ。

「ダンジョンに潜るとき、唐揚げとメンチを大量買いするんだよ。安いし、栄養もありそうだから、ありがたいよな」

「安いのはほら、子供でもなんとかなるダンジョン一階と二階に出るワイルドチキンやホーンラビット、ビッグラットなんかの肉を使ってるおかげです。どれも癖がないから、食べやすいでしょ？」

唐揚げやメンチなどで大量に消費するようになったから少しだけ買い取り価格が上がり、子供たちも張りきっていて、時間があるとダンジョンに行っているらしい。自分たちの食料にもなるし、余分に獲れれば小遣い稼ぎにもなるので必死だった。

「そういや、ハチミツの依頼がやたらと増えていたのも、レスリーくんか？」

「そうでーす。ハチミツは料理やお菓子、美容用品にも使ってるから、たくさん必要なんです。ハチミツは六階で採れるんでしたっけ？　浅い階層でそれなりに稼げるということで、家族持ちの冒険者が張りきってくれて嬉しいな～♪　今度、豆汁味の唐揚げを出しますけど、それにもハチミツが使われてるんですよ」

レスリーの言葉に、レノックが実に力強くうんうんと頷く。

「ああ、あれ、めちゃくちゃ旨かったなー。今の唐揚げも旨いと思ってたけど、豆汁味はレベルが違う」

「でしょ～？　父様に、豆汁と豆士、たくさん仕入れてもらうんだ」

「あれより旨い唐揚げ？　豆汁っていうのはなんだ？」

「東の辺境伯夫人に譲ってもらった調味料です。かなりしょっぱいんですけど、夢のお告げのおかげで使い方が分かるんですよねー」

その言葉に、アルヴィンに思い当たる節があったらしい。

「ああ、あれか。ダンジョンの打ち合わせのときに食べさせてもらった、ホーンブル丼。あの米とやらも、東の野菜だと言っていたな」

「そうです。野菜っていうより、パンと同じ意味合いの食べ物ですけど。あれ、ホーンブルのお肉を玉ネギと一緒に豆汁とハチミツ、砂糖で煮たんですよ。美味しかったでしょう？」

「ものすごく旨かった」

「絶品だった」

「最高だった」

三人ともバクバク食べ、お代わりを二回もしていたから、相当気に入ったのは確かだ。

当然、家族もみんな気に入り、夢のお告げ亭のメニューに加わることが決まっている。

そのため父親は、東の辺境伯とかけ合って、豆汁や豆土、米の収穫量を増やしてもらおうとしている。

「ホーンブル丼は、さすがに嵩張るからなぁ。ダンジョンに持ち込むには、唐揚げやメンチみたいな屋台食が一番いい。だから、そっち系を増やしてくれると嬉しいな」

これからも冒険者としてダンジョン探索を主体にする予定のバートにとっては、切実な問題らしい。

「嵩張らず、日持ちするものかー。アルヴィン様にも携行食を作ってくれって言われたしなぁ」

「ダンジョンに一ヵ月も入りっぱなしだと、つらいのが食い物なんだよ。魔物から得たドロップ品をアイテムボックスにしまうとなると、途中からはどうしても嵩張らない干し肉やなんかに頼るしかなくなるからな。アルヴィンのところは、籠城を想定しての備蓄にもなることだし」

「ああ、そういう面もあるのか……うーん、うーん。がんばってみます」

「よろしくな！」

「携行食はいろいろと彼に立ちそうだから、本気で期待している」

「俺たちのダンジョン生活をマシなものにしてくれ〜」

三人に縋りつくばかりにお願いされて、レスリーは溜め息を漏らす。

「はいはい、がんばりますって。社交シーズンが終わるまでにはなんとかするつもりだけど……あんまり期待しないでくださいね。携行食って難しいから」

「ああ、分かっている。味が良くなるのはもちろんだが、正直、種類が増えるだけでも嬉しいんだ」

「そうだな。まずいのに加え、飽きるという問題もある」

「なるほどー……種類が増えるだけでもいいって言ってもらえると、ちょっと気が楽かな。……うん、がんばろうっと」

前世であった缶詰やフリーズドライといったようなものは到底作れないと悩んでいたのが、肩の荷が下りたような気持ちになる。

「干し肉の、唐揚げ風味とかどうかな～？」

「俺としては、マフィンをなんとか携行食にしてほしい」

それぞれ自分の希望を言い始め、あれはどうだこれはどうだといけるんじゃないかと話し合う。

それはそれで参考になるのでフンフンと聞き、喉が渇いたと果実水をもらうと、一塊になってこちらを窺っていた少女たちに話しかけられる。

「あのぅ、レスリー様。私たち、美容用品のことでお聞きしたいことがあって……」

「あっ、はい。なんでしょう？」

少女たちの中にはレノックがエスコートしてきた伯爵令嬢もいて、すかさずレノックが近づいて話しかけている。

（……あ、あの子、頬を染めて嬉しそう。可愛いなぁ。社交用の、作りものじゃないっぽい感じ）

家での扱いが雑だから忘れがちだが、レノックは見目の良いアルファだ。愛想もよく誰にでも気軽に話しかけるから、少女たちに人気がある。アルファというのはプライドが高く、とっつきにくいタイプが多いのだ。

一人娘の伯爵令嬢もアルファで、そのタイプだろうに、レノック相手に恋をしているのが丸分かりの可愛らしさだった。

(ボクの未来のお義姉さんかも～。うまくいくといいな)

レスリーは、レノックにがんばれ～と心の中で声援を送りながら、少女たちの質問に答える。

ダンスのための音楽が流れるとアルヴィンが相手をしてくれて、レスリーはアルヴィンの腕の中でうっとりする。

しっとりとした曲調は優雅なワルツ――それが終わると一転して、軽快な音楽と速いステップの曲だ。二人とも貴族の嗜みとして完璧にマスターしているから、どんな曲でも楽しく踊ることができる。

下から二番目という身分の子爵家の夜会ということもあって、全体的に砕けた雰囲気なのも気楽でいい。ブラウン子爵は長男に家督を引き継ぎ始めているので、若い招待客が多くてとても華やかだった。

そのせいかアルヴィンもいつもほど気を張った感じがなく、楽しそうに見える。

踊りの時間が終わったら果実水やワインで喉を湿らせ、知り合いを見つけての談笑となる。

じっとりと睨みつけ、危険なダークミストをレスリーに向けるエドウィーナがいないから、レスリーは警戒する必要なしに夜会を楽しめた。

そして、帰りの馬車の中――レノックはちゃんと伯爵令嬢を送っていったから、アルヴィンと二人きりだ。

レスリーはずっと上機嫌で、ニコニコしながらアルヴィンに礼を言う。

「アルヴィン様、連れてきてくれて、ありがとうございます。楽しかったです～」

「それはよかった」

「レスリー……」

アルヴィンも笑って頷き、それからスッと真顔になる。

「……」

いきなりの真顔は怖い。何か嫌なことを言われるのでは……もしかしたら婚約破棄？　やっぱりエドウィーナを正妻にするとか……それともまさかのダークホース出現かも……などと、次から次へと最悪な出来事が頭に思い浮かぶ。

これまでにないほど真剣な表情のアルヴィンに見つめられ、レスリーは「聞きたくない！」と逃げ出したくなってしまった。

しかしあいにくとここは、馬車の中。レスリーに逃げ出せるはずもなく、アルヴィンに手を取られる。

「来年、結婚しよう」

「えええぇーっ⁉」

予想と正反対の内容にレスリーは目を見開き、固まってしまう。

「け、け、結婚……？」

驚きのあまり口をポカンと開けた間抜けな顔になっている頬を、アルヴィンがクスクスと笑いながら指で突いてくる。

「そんなに驚くようなことか？　私たちは婚約者同士だし、レスリーももう十八歳……結婚するのが自然な流れだろう」

「いや、うーん、それはそうかもしれないですけど……」

そう単純な流れではなかったのは、互いに分かっている。良くも悪くもレスリーはずっとアルヴィン一筋だが、アルヴィンのほうはエドウィーナに脇見をしていたのだから。

惚れた云々ではなく、エドウィーナの身分や御しやすそうな性質がお飾りの正妻向きと考えていただけだが、レスリーとしては複雑な気持ちだった。

もちろん、アルヴィンに結婚しようと言われたのは嬉しい。

エドウィーナというライバル――しかも思いもよらない方向で恐ろしく強敵な恋のライバルを押しのけられたということになるし。ちゃんとレスリーを番として認めてくれるということなのだろうと思う。

「アルヴィン様と結婚……来年……」

本当なのだろうかと、信じられない思いで呟くと、アルヴィンが笑って頷く。

「今年でもいいが、それだと準備が大変だから来年にしよう」

「でも……ボクでいいんですか……？」

エドウィーナのことが、頭に引っかかっている。レスリーを鬼気迫る嫉妬の形相で睨みつけていたエドウィーナ――そう簡単に諦めるとは思えない。

それに夢で前世を思い出すまでのレスリーは、未来の辺境伯夫人として失格と思われていたので不安だった。

けれど、レスリーを見るアルヴィンの瞳は優しい。

「今のレスリーは、昔の……好きだった頃の、素直で可愛いレスリーに戻ったようで嬉しい。大きくなるにつれ、甘やかされてわがままになっていったからな」

「うぅ……それは、ごめんなさい。オメガのボクに甘々な祖父母と両親のせいだけど……反省してます」

「そんな言葉が出ること自体、本当に変わったんだなと思えてホッとする。今のレスリーなら、辺境伯夫人としての教育もこなせるだろうな」

「ああ、はい。大変そうだけど、がんばります。エドウィーナ様に、アルヴィン様、取られたくないですし」

そのための努力なら、いくらだってできる。婚約破棄されたときのために、父親と兄に存在価値を見せなきゃ……とがんばるよりやる気も出るというものだった。

「……もしかして婚約破棄を言われるかと思ってたから、よかった……」

「婚約破棄？　それはない。わがままですぐに怒って喚き立てていても、レスリーは私のものだ。他の男に渡すなど、考えたこともない」

「そうなんだ……」

握られていた手にグッと痛いほど力が込められて、レスリーは意外と自分は愛されているのかもしれないと思う。

アルヴィンの態度からてっきり見捨てられたと思っていたのに、あんな自分でも手放すつもりはなかったというのが嬉しかった。

「わがままで高慢だろうと、レスリーは誰もが欲しがる美しいオメガだ。私が婚約破棄などすれば、いくらでも相手は見つかる。それを期待して、わざと私に女性をけしかける輩もいたくらいだ。だからいっそ、側妻として社交界に出さず、領地に閉じ込めてやろうと思っていたんだが……そのほうが私は安心できる」

「そ、そう……？」

なんだかちょっと怖いぞと、レスリーはゾクゾクする。これってヤンデレってやつ？　という疑問が頭に浮かんだ。下手すると、軟禁じゃなく監禁になりそうだなと冷や汗が流れる。

「……でもボクは、アルヴィン様が他の人を抱くのを側で見たくないから、婚約破棄をしてずっと家にいようと思ってたんですけど……」

「エドウィーナ嬢を正妻にしたとしても、彼女を抱くつもりはなかったぞ。白い結婚だ」

「えっ、そうなの!?」

その言葉は、レスリーを驚愕させる。

政略結婚の多い貴族でも、そんなに聞くことのない言葉だ。夫婦としての義務であるセックスを伴わない結婚で、アルファとベータの組み合わせだと稀にあるらしい。

「エドウィーナ嬢はベータだしな。それに、なんというか……レスリー以外の人間にはそそられない。彼女が産む子は間違いなくベータだろうから、それを理由に条件として白い結婚を入れるつもりだった」

「えー……でも、そんなのかわいそう……」

「いやなら、受けなければいいだけの話だ。私のほうは、同じ条件でいくらでも正妻になりたがる女性はいる」

「それはそうだろうけど……」

エドウィーナは間違いなく、アルヴィンが好きだ。あの嫉妬に狂った様子からして、惚れ込んでいる。

だからこそ、白い結婚なんて言われたらひどいショックだっただろうなぁと思う。

「さすがにちょっとかわいそうかも……なんで白い結婚なの？　避妊薬があるのに」

「避妊薬でも、効かないことはある。男遊びでもされたときに、私の子だと言い張られるのはごめんだ。白い結婚なら、その心配がない。……というのを建前に、誘われるのを拒否するためだな。他の男と遊んで妊娠したとき、産みたければ産んでもいいが、実家に渡すことになる」

「あー……うーん……」

非情な言葉ではあるが、貴族の場合は跡目争いや財産分与の問題が出てくるから、必要な措置である。

「でもなぁ……やっぱりかわいそうな気が……ボクなら、絶対にやだ。だってエドウィーナ様って、アルヴィン様のこと好きだもん」

婚約者を蹴落として妻の座に就けると思ったら、白い結婚を言い出されるショックはきっとすごいものがある。

自分は一度も夫に抱かれることなく、夫が側妻であるオメガの元婚約者の部屋に通い、やがて子供を産んだら――想像するだけで泣きたくなる。

「……うん、ひどい。無理。ボクなら断る。同じ白い結婚なら、なんとも思ってない相手のほうがいいや。アルヴィン様は辺境伯になる人だから、社交シーズン以外は顔を合わせることもないし」

「私としては、お飾りの正妻は誰でもいい」

「ひ、ひどっ」

さすがにエドウィーナに同情してしまう。エドウィーナはアルヴィンが好きなのに、アルヴィンのほうはなんとも思っていないのだ。

「そういう話、もう公爵家にしてあるんですか?」

「いいや、まだだ。昨年の終わりくらいからそれらしいことを匂わせはしたが、詳しい話は何もしていない。今年のシーズン終わりまでには判断し、申し入れるかと考えていたから、危ないところだった」

正式になんらかの申し入れをしていたら、翻すのに慰謝料が必要になってくる。上位貴族である公爵家がごねれば、そのまま押しきられる可能性だってあった。

「レスリーの父上とも話し合って、今度のクラーク家の夜会で結婚を発表する予定だ」

「発表……」

「本当ならレスリーが十六歳になった時点で、他の妻を探すか、レスリーを側妻にして正妻探しをしたほうがいいと父に言われたんだが、グズグズと延ばしたのは私だ」

「そうだったんだ……」

レスリーが考えていたとおり、崖っぷちだったらしい。

十六歳の時点で婚約破棄をされたらまだ前世の夢を見ていなかったから、先延ばししてくれたアルヴィンには感謝しかない。

「番にしたいのは、レスリーだけだからな。他の女に割く時間がもったいない」

「やっぱりひどっ！」

辺境伯というのは国で一番大変と言ってもいい領主なので、アルヴィンの言い分も分からないでもないが、ひどいものはひどい。

番にしたいのは自分だけというのは嬉しいが、さすがにエドウィーナや、アルヴィンに近づこうとがんばっている女性たちに同情した。

レスリーが非難を込めてアルヴィンを睨むと、アルヴィンはフッと笑ってレスリーの頭をポンポンと宥めるように叩く。

「他の女に時間を取られなくてすむ分、レスリーを構えるんだが。私は愛人を持つつもりはないぞ」

「そ、それは……嬉しいけど」

すごく、すごーく嬉しい。

レスリーが危うく側妻にされそうになったように、貴族が妻以外の人間を囲うのは珍しくない。

貴族には「アルファの跡継ぎを！」という重要な命題があるため、側妻や愛妾の存在を認められていた。それくらい、アルファは生まれにくいのである。

だからこそレスリーは、アルヴィンに結婚しようと言われた今、自分が妊娠に特化しているオメガなことを感謝する。

何しろオメガは妊娠しやすい。おまけに相手がアルファの場合、生まれるのは高確率でアルファかオメガだ。結婚相手として、オメガが引っ張りだこの理由である。

「私は、レスリーだけでいい」

その言葉とともにアルヴィンの顔が近づいてきて、レスリーは無意識のうちに目を瞑る。

「――」

唇に、あたたかくやわらかな感触。

(アルヴィン様に、キス……されてる……)

カーッとレスリーの体が熱くなり、目が回りそうになる。一気に頭に血が上ったのか、フワフワと現実味がなかった。

触れるだけのお子様キスなのに、初めてのレスリーはいっぱいいっぱいである。

そしてどうやらそれは明白だったらしく、アルヴィンはクスクスと笑いながら力の入らないレスリーの体を抱きしめてくれた。

クッタリしそうな体を支えてくれるのはいいが、頬を撫でたり耳朶をいじったりされるとおかしな気分になりそうで困る。困るけど、嬉しい。

嬉しいの気持ちのほうが断然大きかったレスリーはふにゃふにゃになりかけたが、そこでハッと閃くものがあった。

「……あ、あの！　結婚はいいんですけど……嬉しいんですけど……それって、アルヴィン様、ボクのこと好きだから……って考えていいのかなぁ？」

世界一のダンジョン都市の市長子息と、そこを治める領主の子息との結婚は政治的な意味合いが濃厚だが、レスリーはちゃんとアルヴィンに恋している。だからアルヴィンにも恋してほしかった。

けれど、これまでの行いのせいでどうにも自信のなくなってしまったレスリーは、それでもアルヴィンの気持ちを確かめたいと、オズオズながら聞いてみたのだ。

それに対するアルヴィンの答えは――……。

アルヴィンの笑みが深まり、唇にキスされ、耳朶を食まれる。

（ふにゃあぁぁぁぁ）

背筋がゾクゾクする行為に、レスリーは心の中で絶叫するはめになった。

「もちろん、レスリーが好きだから結婚するんだ。夢のお告げのおかげでレスリーが成長し、他の女のことで手を取られなくなるのは嬉しいが……屋敷に閉じ込められなくなったのは少し残念だな」

「……」

（おおぉぉぉ～やっぱり怖いです、アルヴィン様！　ま、まぁ……いいんだけどね、好きって思ってくれてのことなら。いや……でも、やっぱり軟禁生活は困るかも……夢のお告げ、万歳！　えらいぞ、ボク。崖っぷちで軟禁回避。危なかった～）

好きだと言われた喜びが吹き飛ぶ、アルヴィンの軟禁希望の声だ。それだけ好かれて嬉しいと思うべきか、気持ちは複雑なところである。

「ええっと、あのー……閉じ込められるのはいやだけど、アルヴィン様と結婚できるのは嬉しいです。ボク、そのぅ……アルヴィン様のこと、好きだから」

「もちろん、知っている。レスリーの態度は分かりやすいし、私しか見ていないと知っていたから、落ち着いてレスリーの成長を待っていられたんだ。レスリーがあちこちよそ見をするタイプだったら、十五歳になった途端屋敷に閉じ込めていた」

「そ、そ、そう……」

一途だった過去の自分に感謝するしかない。

やっぱりアルヴィンは怖い……と思いつつ、それだけ自分を想ってくれているんだと思うと嬉しくなってしまう。

（戦う貴公子は、ヤンデレだったか～。うっかり怪しまれそうな行動とかすると、監禁されそうで怖い……）

それなのにレスリーの恋心は無敵で、嬉しいなと喜んでいるのだからいい組み合わせなのかもしれない。

(そっかぁ……アルヴィン様、ボクのこと、閉じ込めちゃいたいくらい好きなんだ……ふふふ)

レスリーはニマニマと口元を緩め、アルヴィンにピタッとくっついて屋敷に着くまでの時間をうっとりと過ごした。

そのあとのレスリーは上機嫌で浮かれ、フワフワした気持ちで毎日過ごすことになる。

もちろん整髪剤も作ったし、より良い美容用品の研究もちゃんとやっているし、美味しい携行食についてもあれこれ試行錯誤しているが、ふとした拍子に「アルヴィン様と結婚」「好きって言われちゃったー」という思考が頭を過ってうふうふしてしまうのである。

（うちの夜会で、結婚発表……来年、結婚……）

嬉しくて嬉しくてたまらない。

おかげでポワワンと上の空のときも多かったが、やる気は充分だ。浮かれた気分のまま鼻息荒く脳みそをフル回転し、レノックをこき使って働きまくった。

★
★
★

そうして、夜会の日を迎える。

父は一番低い爵位の男爵とはいえ、世界一と謳われるダンジョン都市の市長だ。夢のお告げの美容用品店が大人気なこともあり、上流貴族がこぞって招待に応じてくれた。何しろ、この日の手土産は特級ポーション入りのリンスとナイトクリームなのだから。

「とても効果の高い髪用栄養剤と、特別製のナイトクリーム」と招待状に書いたせいか、欠席者はゼロだった。

冒頭の挨拶のときにアルヴィンと来年結婚すると発表するとのことだったので、レスリーは朝からずっとソワソワしていた。

衣装もこの日のために誂えたレースつきのシルクブラウスに、刺繍たっぷりの上着という華やかさだ。

アルヴィンとその両親が早めにやってきて、応接間で改めて結婚の話をする。

結婚式は社交シーズン初め。招待客は――と、そのあたりは現在の当主である互いの両親がリストアップしていく。

レスリーはアルヴィンと、新生活のための話し合いをした。

「結婚式までに部屋を改装するが、こういうのがいいという希望はあるか？」

今は誰も使っていない、中の扉で繋がっている夫婦用の部屋を、レスリー好みの内装に変えてくれるという。アルヴィンの今の部屋もそこそこ広いが、夫婦用の部屋には小さいながら風呂がついているから移りたいとのことだった。

「明るくて、爽やかな感じの部屋が好きかなぁ……実際に見てもらったほうが早いかも。

……父様、ちょっとアルヴィン様にボクの部屋を見せてくるね」

「分かった」

レスリーは、アルヴィンを二階の自分の部屋に案内する。

淡いクリーム色を基調としたレスリーの部屋。カーテンはクリーム色の生地に明るい緑色で刺繍が入っている。

家具の類いは花の彫りに色がつけてある華やかなものだ。オメガの母が、男の子二人のあとのオメガということで、張りきって可愛いのを選んだのだった。

「これがレスリーの部屋か……」

アルヴィンが部屋に入るのは、大人になってから初めてである。子供のときのカーテンはピンクの花柄だったから、印象はずいぶん変わっていると思う。

「アルヴィン様、誘っても部屋に来なかったですもんね。うちに来るのも兄様たちとダンジョンの打ち合わせだし、終わるとすぐに帰っちゃったし」

「レスリー、『様』はつけなくていい」

「えー……もう子供じゃないんだからつけろって言ったくせに……」

「あのときとは状況が違う。今は……結婚の決まった婚約者同士だ」

「うーん？　なんか、微妙な言い回し……」

レスリーは子供の頃からアルヴィンが好きでずっと見ていたから、アルヴィンの心の機微には敏感なのだ。ちょっとした違和感もちゃんと嗅ぎ取ってみせる。

（婚約者……って言っちゃうと、じゃあ今まではなんだっていうことになるから？）

むむむとレスリーが眉を寄せていると、苦笑したアルヴィンにヒョイと抱えられて膝の上に座らせられる。

そんな親密な体勢は初めてなので、レスリーはアワアワしてしまう。

「大きくなったレスリーはわがままだし、心は子供のままだしで、とてもではないが一緒にいられなかった」

「うん、それはごめんなさい」

「私にとっての問題は、子供のままという点だ。ベタベタくっついて甘えてくるのに、手を出すのが叶わないいんだから。だから、ダンスも一度だけにしておいた。体が密着して、理性が負けたら困るからな」

「あ……そっち……うん、確かにごめんなさいかも」

前世で大学生のときの自分にベタベタくっついてくる女の子がいたらその気があると思うし、婚約者なんていう立場だったらベッドに誘っても不思議じゃない。

けれど相手がオメガの場合、その一回で妊娠する可能性がある。この世界の魔法薬はかなり優秀で、オメガの発情期もちゃんと抑えてくれるが、妊娠に特化したオメガの本能はときに避妊薬を上回るといわれている。

（ベタベタくっついてくる婚約者に手を出さないのって、大変かもなぁ……うん、やっぱ

りごめん）

可愛いと一目惚れからはじまって、わがままで高慢に育ったレスリーを嫌っても、手放す気はなかったというアルヴィン。抱きたいという欲望と、自分のものだという気持ちをずっと持ち続けていたらしい。

それって結局、ボクのことをものすごーく好きっていうことなんじゃないかなぁと、レスリーは嬉しくて仕方ない。

「ねぇ、アルヴィン。夫婦用の部屋っていうことは、寝室は別々？」

ドキドキしながら名前を呼び捨てにし、新居について聞いてみる。

「別々というより、一つあるという感じだな。仲が良くても悪くても、ベッドが二つあるのは便利だぞ」

「どうして？」

「悪い場合は内側から鍵をかけて入れないようにできるし、仲がいい場合はベッドが汚れても、もう一つのほうで眠ることができる」

「ベッドが汚れ……あ、ああ、そういうこと……。う、うん、確かに便利かも？　そうか……夫婦だもんね……」

仲のいい夫婦なら当然夜の営みもあるわけで、汚れたシーツで眠るのはいやだろうし、

いちいち使用人を呼んで交換させるのも面倒くさそうだ。その点、ベッドが二つあれば、使っていないほうで眠れるから楽でいい。

レスリーが顔を赤らめ、大いに照れていると、アルヴィンは部屋の中を見回して聞いてくる。

「この部屋は私も落ち着けそうだから、同じ内装にさせるか？　家具もこのまま使いたいなら、交換してしまうという手もあるぞ」

「うーん……でも、さすがにこの家具を全部運ぶのは大変そうだから、いいです。あ、でも、鏡台のセットだけは持っていきたいな。お気に入りなので」

「分かった」

「今度、その部屋、見せてください。足りないものがあったら、嫁入り道具として父様に買ってもらうから」

ものすごくこき使われていることだし、嫁入り道具は奮発してもらうつもりだ。

レスリーはアルヴィンの膝の上で、オルグレン家の屋敷や魔の森について聞きながらいちゃいちゃして過ごした。

夜会の時間が近づいてくると、メイドが呼びにやってきた。

レスリーは用意しておいた上着を着込み、アルヴィンにエスコートされて、幸せな気分で両親たちと合流する。

ホールでは、すでに招待客が集まっているという。

家族全員が揃ったところで、ゾロゾロとホールに向かう。そして招待客たちに笑みを振りまきながら壇上へと登ると、執事によってチリンチリンと鈴が鳴らされる。

ホール中の招待客たちが一斉にこちらのほうを見ると、父親が挨拶を始めた。

このあと、レスリーとアルヴィンが来年結婚すると発表する予定だ。

レスリーはドキドキしながらホールを見回し、エドウィーナの顔を見つけてギョッとする。

(ウ、ウソーッ！　なんでエドウィーナ様がいるの!?　に、睨まれてる……すっごい、睨まれてるよ！)

てっきりエドウィーナは招待していないと思い込んでいたから、余計にショックが大きい。レスリーは思わずよろめいて、アルヴィンの腕にしがみついた。

「ど、どうしてエドウィーナ様が……」

「付き合いのある名家すべてに招待状を出したようだぞ。それに、レスリーの美容用品目当てに、ぜひ参加したいと申し出た家も多いようだし」

それはホクホク顔の父親から聞いている。女性の美に対する欲求に加え、話題に乗り遅れたくないという思いもあるのだろう。店では買えない特別な製品が手に入らないのは、かなり悔しいに違いない。

今まで付き合いのなかった高位貴族や王族からも、なんとか招待客に対する手土産をそちらにも融通してもらえないかと問い合わせが殺到したらしい。

「い、いや、でも、エドウィーナ様は別でしょ。トラブルのもとでしかないと思うんだけど……アルヴィンのことで恨まれてるしさー。この前だってダークミストを出しちゃったのに……」

今日はこのあと、来年結婚すると発表する予定なのだ。エドウィーナの家にそれとなく打診していた正妻に——という件はうやむやに流すつもりだから、期待していただろうエドウィーナは怒るに決まっている。

いやな予感しかしないと震えると、アルヴィンが腰を支えてくれる。

「大丈夫だ。何があっても私がレスリーを守る」

「…………」

何それ、嬉しいと、レスリーの顔が赤くなる。冷たくされていた期間が長いせいか、愛を感じる言葉が嬉しくて仕方ない。

(守るって……何があっても、ボクのこと守るって……。どうしよう……アルヴィン、格好よすぎっ)

エドウィーナへの恐怖を、アルヴィンが好きだと叫びたい衝動が上回る。

レスリーがうっとりとアルヴィンを見つめているうちに父親の挨拶が終わって、レスリーとアルヴィンが前に出される。

「当家のレスリーと、オルグレン家のアルヴィンくんとの結婚を、来年のシーズン初めに行うことになりました」

あちこちから拍手と、おめでとうという声がかかる。

「お似合いですわ〜」

「おめでとうございます！」

ずっと望んできただけにみんなに祝福されるのは嬉しいが、レスリーは気が気でない。

エドウィーナを直視できず――でもどうにも気になって、ビクビクしながら視界の端でエドウィーナの様子を窺ってしまう。

(……お？　お、お、おおぉぉぉ)

エドウィーナのまわりに黒いモヤがブワッと溢れ出したかと思うと、一気に濃度と勢いを増して広がっていく。

「きゃーっ！　何、これ!?」

「いやぁ……怖いっ!!」

「き…気分が……」

この前とは比べものにならない強烈さのせいか、誰の目にも黒いモヤが見えるらしい。

ホールがパニックに陥っていた。

けれどエドウィーナのまわりは意外なほど冷静だ。よく見てみると、レグノの冒険者たちがエドウィーナを取り囲むようにしている。

「……あれ？　あの人たち……」

まわりと違和感がないように綺麗で上品な服を着ているが、彼らはみんなB級以上の冒険者だ。しっかりと他の客たちを守りつつ、小さな炎や光魔法などでダークミストを払っている。

どうやらこの事態を想定し、父親がエドウィーナのまわりに彼らを配置して招待客を守っているようだ。

もっともエドウィーナの憎悪の矛先はレスリーだから、ダークミストは真っ直ぐレスリーに向かってくる。

「やはりか……」

アルヴィンは小さく呟き、レスリーをしっかりと抱き寄せてくれた。

「レスリー、結界を張ったから大丈夫だ」

「で、でも……」

とんでもない濃さと大きさを持ったダークミストが、渦を巻いてこちらに突進してきている。

「レスリーの父上と兄上たちとで、四人分の結界だ。まず破られることはない」

「……………」

父はSS級、他の三人は揃ってB級冒険者だ。それだってダンジョンに潜る時間が足りないだけで、実力はA級と言われている。その四人がかけた結界なら、確かに信用できる。

でも、だからといって禍々しいダークミストの標的となったレスリーの不安や恐怖がなくなるわけではなく、レスリーはアルヴィンにしがみついてブルブルと震えた。

「こ、怖い……」

「そんなに怯えて……可愛いな」

ポンポンと背中を叩く手つきが優しい。こんなときにもかかわらず、「好き！」と愛を叫びたくなってしまった。

他の冒険者たちに守られた招待客たちは、落ち着かせようとする彼らの説明により、ダークミストを発しているのがエドウィーナで、狙いがレスリーと知る。

少し冷静になれば黒いモヤが壇上にしか眼中にないのが分かるだろうから、いったいどうなるのかと、固唾を呑んで事態を見守っている。

何しろレスリーとアルヴィンの父親がドラゴンを倒してＳＳ級冒険者なことも、その息子たちが限りなくＡ級に近い冒険者であるのも有名だ。対するエドウィーナが魔力の少ないベータなことを考えれば、相手になるはずがない。

自分の身は冒険者たちが守ってくれているとあって、面白い出し物を見る目になってきていた。

（ボ、ボクにとっては、リアルな危機の真っ最中なのにっ）

恐ろしいまでの鬼気を孕んだ黒いダークミストが、結界のまわりをグルグルと回っている。それで初めて、目に見えない結界がドーム状をしていると分かった。

ダークミストに目なんてないはずなのに、憎悪と殺気が結界の外からレスリーを睨みつけている感覚がある。

「怖い、怖い、怖いぃ……」

怖いから見たくないのに、怖すぎて目が離せない。

レスリーが悲鳴をあげながらギュウギュウとアルヴィンにしがみついていると、どんどん圧力が増していく。そして結界にピシリとヒビが入り、そのヒビがどんどん大きくなってついには打ち砕かれてしまった。

「け、結界が!!」

悲愴感を漂わせるレスリーと、ガックリ肩を落とすレノック。

「本当かよ……俺の結界、ヒュドラの毒霧でもびくともしなかったんだぞ」

それに対して父親が、フンッと鼻で笑う。

「まだまだ未熟だな、レノック。さて、レジナルドはどうか……」

「レノックと一緒にしないでください。私の結界は強力ですよ」

「お手並み拝見だ。アルヴィンくん、もっとレスリーとくっつくといい。挑発してみよう」

「それは嬉しい申し出ですね」

アルヴィンは笑って頷くと、レスリーの額にキスをする。

「大丈夫だから怖がらなくていい」

優しく甘い囁きと、額や頬へのキス。ついでとばかり唇にもチュッとキスをされて、こんな危機的場面にもかかわらずレスリーは照れ照れになってしまう。それどころじゃないのに～と思いつつ、喜んでキスを受け入れていた。

それと同時に、ブオォォと膨れ上がるダークミスト。ザワザワと不気味に蠢くダークミストの中に、ときおり人の顔のようなものが浮かび上がる。目をつり上げ、歯を剥いた恐ろしい顔だ。

「ひぃあぁぁぁぁ。怖っ!!」

「これは……すさまじいな。彼女は本当にベータか？」

思わずといった感じで呟いたアルヴィンに、父が答える。

「闇堕ち寸前というところだな。……おおっ、レジナルドの結界が破られたか」

「くそっ！　どういうことだ」

レジナルドは悔しそうだが、感心するような、面白がるような父親の声には余裕があって、レスリーを少し落ち着かせてくれる。

「次はアルヴィンくんだな。果たしてレスリーを守れるか？」

「お任せください」

アルヴィンは笑って頷き、それからダークミストの中心にあるエドウィーナの顔を睨みつける。

「……ん？　私の結界だと気がついたのか？　怒気が増して、圧力が上がっているな」

「エドウィーナ嬢が、恋心から放っているダークミストだからな。愛おしい相手の結界だと分かったんだろう。恨めしいという声が聞こえそうじゃないか？」

父は面白がっているが、レスリーはとてもではないが笑えない。

たっぷりと怨念が込められた真っ黒なモヤからは、本当に、恨めしい、憎い憎いという呪詛の声が聞こえてきそうだった。

実際に、結界を取り巻くダークミストはより濃く、大きくなっている。最初は結界のまわりをグルグル回っていたのに、今はもう全体を取り囲んで押し潰そうとしているようだった。

「これはすごい。これに耐えるアルヴィンくんもなかなかだな」

「恐れ入ります」

二人とも、とても冷静だ。レノックとレイモンドの結界を破壊した威力のダークミストを前にして、慌てずに観察している。

まだアルヴィンと父親の結界があるというし、二人のことを信じていないわけではないが、B級以上の実力があるとされるレノックたちの結界が破壊されているだけにレスリーは平静ではいられなかった。

「いやいや、なんでそんなに平然としていられるのかなぁ。ボク、めちゃくちゃ怖いんだけど！　アルヴィンと父様の結界まで破られたらどうするの？」

「それはない」

アルヴィンはキッパリと否定し、父もそれに頷く。

「アルヴィンくんの結界で持ちこたえられそうだ」

「ええ、大丈夫です。それより、この場で公爵令嬢に闇堕ちされるのはまずいでしょう。そろそろやりますか？」

「そうだな。できるか？」

「はい」

アルヴィンは腕を上げてエドウィーナのほうに向けると、手の平から青白い炎を出す。

「赤くない……」

「力任せにただ対象物を燃やす火魔法しか使えないレノックとは違って、アルヴィンくんは相手の魔力のみを燃やすことができる。これだと、まわりのものを燃やす心配がない」

「そうなんだ……」

アルヴィンが火魔法の相当な使い手だというのは知っているが、火魔法で魔力だけを燃やせるとは知らなかった。

そもそも自分が唯一使える水魔法ですらそんなに詳しくないのだから、火魔法なんて知るはずがない。

アルヴィンの作り出す青白い炎がダークミストを燃やしていって、しばらくすると結界のまわりを取り囲んでいた黒いモヤがなくなる。

まわりが見えるようになって少しホッとしたが、アルヴィンは手を翳したままダークミストをジリジリと後退させていった。

力の差はやはり大きいのか、大本であるエドウィーナにまで青白い炎が迫っていく。

それでようやくエドウィーナの姿が見えるようになって、レスリーはその顔に驚いてしまう。

「ウソ……」

エドウィーナの様相が変化していた。

怒りと憎悪につり上がった、赤黒く光る目。茶色だった髪も黒く染まり、ザワザワと宙に舞っている。顔立ち自体は変わっていないのに、邪悪で恐ろしい姿だった。

「……ああ、本当に闇堕ち寸前だな」

「これで公爵も魔力封じの腕輪をつけることに文句は言えまい」

「このまま、押しきります。腕輪の用意はできていますよね？」

「ああ。ちゃんと冒険者のリーダーに持たせている」

その言葉を聞いてアルヴィンがグッと前のめりになったかと思うと、炎が勢力を増してついにはエドウィーナにまで到達する。

「うぁ……あぁあああぁぁぁ」

歯を剥き出しにしたエドウィーナから漏れる、苦しそうな悲鳴。縋るように、恨むようにアルヴィンを見つめているが、アルヴィンが手心を加える様子はない。

そして青白い炎はエドウィーナの全身を包み込み、ダークミストを完全に消し去った。

あの邪悪なダークミストに打ち勝ったアルヴィンに、レスリーはなんて格好いいんだろうとうっとりとする。

(すごい、すごい。アルヴィン、格好よすぎ〜。好き〜っ)

やっぱり、アルヴィンはひ弱な貴族とは違う。同じB級冒険者でダンジョン仲間でもある兄たちより強いんだと思うと、ゾクゾクした。

それに、縋るようなエドウィーナの目にも動じない冷静さ。

胸の奥の深い部分がキューッとなり、アルヴィンが好きだという想いに支配される。

(好き、好き〜っ)

この緊迫感の中でそんなことを考えているレスリーだが、事態は進んでいる。

ダークミストを消されたエドウィーナは反動でガクリと崩れ落ちそうになり、それを近くで招待客たちを守っていた冒険者がすかさず受け止める。そして持っていた魔力封じの腕輪を、エドウィーナの手首に嵌めた。

魔力を注いで、しっかりと封印したのが見て取れると、レスリーもようやく安心できる。気絶しているらしいエドウィーナは、冒険者たちによってホールの外へと連れ出されていった。

（よかった〜。本当によかった。危ないところだったよ〜）

まさかエドウィーナがあんな強力なダークミストの持ち主だとは思いもよらず、レスリーはアルヴィンにしがみついて礼を言う。

「ありがとう、アルヴィン！　格好よかった〜っ」

感動のあまり熱くなった体で抱きつく腕にギュウギュウと力を入れ、アルヴィンの胸にグリグリと頭を擦りつける。

アルヴィンもしっかりとレスリーを抱きしめてくれるのが嬉しい。

喜びが溢れて止まらず、レスリーは激しく高揚している。どうにも落ち着かない気持ちで、ソワソワする体を持て余した。

「……ん？　レスリー、この匂いは……」

アルヴィンの驚いたような呟きに顔を上げると、アルヴィンの顔が少し赤くなっている。

「どうかした？」

「体、熱くないか？」

「熱い。けど、あんなことがあって興奮しているからだと思うんだけど」

「それだけじゃない。この甘く、とろけるような匂い……発情しているぞ」

「え？……ええっ？　そんなわけないよ。まだ半月くらい先のはずだもん」

毎月きちんと薬を飲んでいるから、間違いない。オメガにとって発情を抑制する魔法薬はとても大切なものであり、レスリーの体に合わせて調合してもらっている魔法薬の効き目は抜群だった。

「……あれ？　でも、ちょっと待って……なんか変……かも？」

言われて初めて意識したのだが、体が熱いだけではない。ソワソワの他に、ウズウズというかムズムズというか、おかしな感覚が生まれている。

初めての、なんとも言えない疼き——うまく呼吸ができない感じだ。

そしてそんな自分の状態を自覚すると、さらに体内の熱が上がっていく気がした。

「な、なんか、変……変だよ、ボク」

「やはり、発情期だな。命の危機に、本能が目覚めたか……」

アルヴィンはフフフと笑い、紅潮したレスリーをいきなり抱き上げる。

「うわっ！」

「緊急事態ですので、レスリーの部屋をお借りします」

アルヴィンはレスリーの父親にそう言うが、父親や兄たちはレスリーのフェロモンに中てられまいとしてか、距離を取っていた。

「ああ、仕方ない。食事やなんかは、適当に差し入れる」

「お願いします」

（は……発情期って……本当に？　確かに体、おかしいけど……これが発情期？　匂いは……自分じゃ分からないな……フェロモン、出てるのかな？　本当に？）

混乱するレスリーだが、アルヴィンはレスリーを抱いたまま速足で二階のレスリーの部屋へと向かっている。

そしてレスリーをベッドに下ろして扉にしっかりと鍵をかけると、覆い被さってきた。

「まさかレスリーが発情期になるとはな。渡りに船だ」

「わ、渡りに船……？」

体内の熱がどんどん高くなっていて、頭がうまく回らなくなってきている。

熱い吐息を漏らしながらどうしてかと聞くと、匂いが強くなったのか、アルヴィンはうっと小さく呻いて答えてくれる。

「結婚式が来年というのは、長すぎる。レスリーが夢のお告げで変わって、他にお飾りの妻を娶る必要もなくなったことで、私の忍耐も切れかかっていたんだ。長年の憂いが晴れて、我慢が利かなくなってきている」

「んー……そうなんだ……」

まだまだお子様な部分があるレスリーには、アルヴィンの切羽詰まる感覚は理解できない。

婚約破棄か軟禁子産みマシーンかという瀬戸際から、番として妻の座を勝ち取れたという安心感は大きかった。結婚式の日取りが無事に決まっただけで、充分に嬉しかったのだ。

また横槍が入ったらいやだから早く結婚してしまいたい気持ちはあるが、結婚式の準備をするのも楽しいだろうなぁなんて考えていたのである。

アルヴィンとお揃いの衣装を作って……どんな生地、刺繍にしようかとワクワクする。

それに新居となる夫婦用の部屋の内装もお任せとのことなので、壁紙やカーテンを選ぶのも楽しそうだった。

多くの貴族を招待しての結婚式だから料理も気合を入れたものにしたいと、やりたいことが山ほどある。準備期間が一年もあるなら、焦らなくてすんでよかったと思っていたくらいだ。

「んー……でも、婚前交渉ってどうなのかなぁ……ボク、オメガなんだけど……最初の発情期では妊娠しないっていわれてるとはいえ、そのあとは？　んー……んー……頭が働かない……」

両想いの婚約者で、すでに結婚するのも決まっている今の状況なら、間違いなくこの発情期で番にしたくなるはずだ。

互いを唯一の存在とする番になれば、離れて暮らすなどありえない。急な発情期のせいで結婚式がどうなるか分からないが、すぐにアルヴィンと暮らすことになるのは間違いなかった。

普通は結婚前に同居などとんでもないと眉をひそめられる行動でも、番なら仕方ないと認められる。ましてやきちんと薬を飲んでいたレスリーが、ダークミストで攻撃された恐怖で発情期に入ってしまったという今回のような場合は、誰が見ても不可抗力だった。

女性よりもさらにか弱く、守らなければいけない存在であるオメガ――エドウィーナのダークミストの恐ろしさは多くの貴族が見ていたので、恐怖のあまり発情期になるのも無理はないと納得してもらえる。

おかげで、結婚前にアルヴィンと暮らすのも大目に見てもらえるのはありがたかった。

「オメガでよかったー……大抵のことは仕方ないって許してもらえるもんなぁ」

ふぅっと吐息を漏らしながらの呟きに、アルヴィンがうんうんと頷く。

「確かに、そのとおりだ。オメガは素晴らしいな。レスリーのこの匂い……甘くて、とろけるようだ……」

レスリーにはまったく分からないのだが、アルヴィンはうっとりとレスリーの首筋に顔を埋めている。やはり、フェロモンは出ているらしい。

「どんどん、香りが濃厚になっている……」

思いっきり匂いを嗅がれて恥ずかしい気もするが、それどころではなくなってきている。

(体、熱い……心臓がバクバクいってる……)

発情期と言われていなければ、病気を疑うほど体に変調をきたしている。熱も上がって、呼吸がうまくできなかった。

「ア、アル……なんか、苦しい……かも……」

「ああ……すまない。あまりにもいい匂いに、夢中になってしまった」

アルヴィンの恍惚とした表情がハッと我に返って、匂いを振りきるようにブルブルと頭を振る。

「……まずいな。気をしっかり持っていないと、レスリーのフェロモンに呑み込まれそうだ」

そうなのか……と、ぼんやりした頭で考える。そしていつも冷静沈着なアルヴィンのこんな顔は初めて見るなぁと、嬉しく感じる。

エドウィーナのあの恐ろしいダークミストを前にしても平然としていたのに、レスリーのフェロモンには激しく動揺しているのだ。

フェロモンに中てられたアルヴィンは上気し、レスリーを捉えた目がぎらついていた。

(ちょっと……怖い……)

レスリーにとって、何もかも初めての行為が始まろうとしている。

すでにもうレスリーの意識は本能に呑み込まれつつあるので、アルヴィンには平静でいてもらわないと怖いことになりそうな気がする。

レスリーは残った理性を掻き集め、必死でアルヴィンに訴えかける。

「ア、アルヴィン……ボク、初めてだからね？　発情期、大変って聞くから、そこのところお願いします」

「ああ、重々に分かっている……つもりだ」

つもりって何？　……と聞こうと開いた口が、アルヴィンの唇に塞がれる。

「んむっ」

いきなり舌が入り込んできて、レスリーの舌に絡んでくる。目を白黒させている間に口腔内をくすぐられ、カーッと体が熱くなっていく。

気持ちがいいと感じた本能で、レスリーも必死でアルヴィンのキスに応えた。

「……んっ、ん、んぅ……」

うまく呼吸ができなくて苦しいのに、やめたいとは思わない。それどころか、アルヴィンの動きを真似しながら積極的に自分からも動いていた。

それでなくても怪しかった理性は濃厚なキスに吹き飛び、本能がレスリーを支配する。

互いに貪るようなキスに耽溺し、レスリーは文字どおり目を回すことになった。

「ふぅ……ん……ん、ん……」

頭がクラクラし、体から力が抜けていく。

気が遠くなりかけたところでアルヴィンが離れ、バサバサと服を脱いでいる音がする。

それに気がついてレスリーも上着のボタンに手をかけるが、指がうまく動かず、一つ外すのにも手こずってしまった。

「んー……んー……難しい……」

早く早くと心が急くのに、指が震えて力が入らない。

レスリーがモタモタしている間に、全裸になったアルヴィンが伸しかかってきた。

「私が脱がせる」

「う、ん……」

残りのボタンはアルヴィンによって手早く外され、その下のシルクのシャツのボタンもすべて外される。その際、肌をかすめた指の感触に、ビクリと体が震えた。

「なんて美しい肌だ……」

オメガは美しさが命。魅力的になってアルヴィンの目を自分に向けようと、ボディーソープとボディークリームで磨きをかけている。それゆえレスリーの肌は真珠のように白く輝いていた。

当然、手触りも最高で、アルヴィンに首筋から肩をうっとりと撫でるようにされる。

「んっ……」

そんな少しの刺激でさえ、発情期で体が熱く高まっているレスリーにはつらいものがあった。

思わず漏れた声にアルヴィンの指がピクリと震え、首筋に吸いつかれた。

「……っつ!?」

痛みへの恐怖心に、レスリーの体がすくみ上がる。

番になるための行為は、首筋をひどく噛みつかれると聞いている。かなり痛いし、体が作り替わるような感覚がきついとも。

大抵は快楽でわけが分からなくなっているときにされるから、なんとか乗り越えられると聞いていたのに――……。

「も、もう……？」

不安のあまり声を震わせるレスリーに、アルヴィンがハッと我に返る。

「いや……番にするのは、まだだ。レスリーの首からあまりにもいい香りが出ていて、理性をなくしそうになった……」

「そ、そこは、がんばってぇぇぇ。ボク、痛いのとか、無理だからっ。お願いします、マジで!!」

「もちろん、分かっている。分かっているんだが……オメガのフェロモンは聞いていた以上の威力だ。まさか、これほどとはな」

そう言いながらもフンフンと匂いを嗅ぎまくっているのが、不安で仕方ない。

痛みへの恐怖のおかげで意識がはっきりしたものの、気を抜けばすぐに発情期の熱に呑み込まれると分かっているレスリーなので、アルヴィンが頼みの綱だった。

「だ……大丈夫……？」

「ああ、心配しなくていい。レスリーを傷つけるような行為は、絶対にしない」

「よろしくぅぅ」

本当に本当にお願いしますと、祈るような気持ちだ。

大丈夫かなぁと不安でいっぱいのレスリーだが、アルヴィンの唇が首筋から鎖骨、胸へと下りてくるとそちらに意識を取られる。肌を舐められ、強く吸われて、ゾクゾクと快感が走った。

「んんっ」

胸の飾りが、異様なまでに敏感になっている。

アルヴィンに吸いつかれるとピリッと甘い痺れが生まれ、全身へと広がっていく。小さな突起を舌先で弄ばれ、甘噛みされるにつれて、レスリーの意識はモヤに包まれていった。

上着とシャツが腕から抜かれ、ズボンのボタンを外される。

無意識のうちに脱がしやすいよう腰を浮かし、下着まで取り払われたことで、肌と肌が密着するようになる。

熱く火照ったレスリーにとって、アルヴィンの肌はひんやりとして気持ちがいい。思わず腕を伸ばしてピタッとくっつくと、アルヴィンが小さく唸り声をあげた。

「私の理性を、破壊しようとしているのか？」

「………」

ぼんやりとした頭で、今の行動はどうやらまずかったらしいと理解する。

実際、ガバリとばかりアルヴィンに押し倒され、激しく胸に吸いつかれた。おまけに両方の手で体のあちこちを撫で回される。

「や、ぁ……んっ」

過敏になっている肌はそれを愛撫として捉え、気持ちがいいと震えた。貴族らしくない節くれ立った硬い指の感触は、たまらないものがある。

(アルヴィンが、ボクに触ってる……)

それだけで、嬉しいのだ。

レスリーのフェロモンに呑み込まれ、理性を失いそうになっているのも愛おしく感じられる。

嬉しい、嬉しいとレスリーの心が叫び、アルヴィンの愛撫に甘い声を漏らす。

熱く高ぶりかけている分身を大きな手のひらで包み込まれると、悲鳴にも似た声が出た。

「ひぃぁ!?」

やわやわと揉まれ、擦られることによって生まれる強烈な快感。発情期ということもあってか、自分でするのとは比べものにならない刺激の強さだった。

乳首と陰茎を同時に責められ、一気に熱が高まる。

「あ、あ、あぁ、んんんっ……」

レスリーの喉からひっきりなしに嬌声が漏れ、何も考えられないままあっという間に射精へと導かれてしまった。

「は、ぁ……ん……」

レスリーははぁはぁと荒く呼吸をする。

アルヴィンの手の中に欲望を吐き出したのに、熱が一向に引かない。体が燃えるように熱く、体内に炎の塊を抱え込んでいるような感覚がある。

「や、やだ……もう、熱い……」

どうすればいいのか分からない熱と焦燥感に、レスリーはジッとしていられず身悶える。特に落ち着かない足を擦り合わせていると、グイッと左右に開かれてしまった。

「あ……何……？」

「レスリーは初めてだからな。繋がるためには、ここをやわらかくする必要がある」

アルヴィンの言う「ここ」に指が触れ、レスリーの腰がビクリと跳ねる。双丘の奥の秘孔を突かれ、指の腹で揉まれ、ゾクゾクとしたものを感じた。

「うー……」

レスリーの吐精がついているのか、指がヌルリと中に入ってくる。

異物感と、期待、高揚——なんとも複雑な気持ちでいると指が深く沈められ、中を掻き回すようにされる。

「くぅ、ん……」

痛みがないから、感覚だけを追える。肉襞を擦るように蠢くそこから甘い痺れが生まれ、全身に広がっていく。

ときおりいいところを指でいじられ、ビクビクと体が反応した。指を二本に増やされても問題なく、積極的に受け入れようと歓迎している。

白く霞んだ頭の奥で、わずかに残っている日本人の意識が、男同士で体を繋げることに嫌悪感がないのを不思議に思う。けれどオメガとして生まれ育ったレスリーにとって、これは普通の行為だった。

男の体でも、オメガである以上は受け入れる側なのだ。

好きな人を全身で感じられるのは嬉しいことだと感じる。早く早くと思うから体内を掻き回す指もすんなりと受け入れ、悦びとする。

指が三本に増えてもそれは同じで、狭い部分を開かれる苦しさより、悦びと快感が上回っていた。

「あぁ、ん……あ、あ、あぁ」

後ろの感覚だけで前が立ち上がり、先端からトロトロとした蜜を零す。オメガであるレスリーの秘孔には、性器としての役割もあるのだと示していた。

その証拠にレスリーの喉からはひっきりなしに嬌声が漏れ、体はのたうつように悶えてしまう。

気持ちがいい、もっと、早く――そんな思いがグルグルと頭の中を駆け巡っていた。

入口を擦られるのも、中を弄られるのも、奥を突かれるのも、すべてが快感へと繋がる。特に奥のほうには過敏な部分があって、そこを突かれるたびにビクビクと腰が跳ねた。

そんなことが繰り返されると全身に熱が溜まり、息をするのも苦しくなってくる。

「や……アル…ヴィン……苦しい……も、もう……」

「分かった。準備はもう充分だろう」

そう耳元で囁かれるのと同時に、体内から指が引き抜かれる。そして両脚を抱えられ、指とは比べものにならない質量を持ったものが蕾へと押し当てられた。

狭い入口を掻き分け、グッと入り込んできた瞬間は、さすがに息を呑む。

けれどレスリー自身が積極的に受け入れようとしているからか、ズズッと入り込んでこられても痛みはなく、少し苦しいだけだった。

「あっ……あ、んっ、あぁ、あ、くぅ……」

飢えが満たされていくような、不思議な感覚。とろけきった秘孔は、大きすぎるはずのアルヴィンのものを無理なく呑み込んでいった。

根元まで突き立てられて、ふうっと吐息が漏れる。

緊張から解かれたところでアルヴィンの唇が重なり、休む間もなく濃厚なキスに目を回すことになる。

「んっ、ん、はぁ……ん……」

舌を吸われながら腰を揺すられて、より深い部分を突かれる。

「あぁ、ん！」

大きく胸を喘がせ、未知の官能に震える。

「――まだ理性が利くうちに、レスリーを私の番にする」

「……」

モヤのかかった頭に、「番にする」という言葉が染み込んでくる。レスリーは「うん」と小さく頷き、アルヴィンにギュッと抱きついた。

アルヴィンの顔が首筋に埋められ、歯を立てられる。チクリとしたあとに、強烈な痛みが走った。

「ひっ!!」

噛みちぎられるんじゃないかという恐怖に襲われるほどの激痛に、全身が硬直する。快感に浸っていた頭も一気に覚醒し、痛い痛いと訴えた。

思わず逃げを打つ体を、アルヴィンの手が宥めるように優しく撫でてくる。

それによって、これは番になるために必要なことなのだと思い出し、レスリーはうーっと唸りながら必死で我慢した。

噛まれているところから、何かが入り込んでくる感覚がある。異質なそれは熱を持って血管を伝い、ゆっくりと全身に広がっていく。

「あ――熱い……怖い……」

自分の体が作り替えられる恐怖。アルヴィンが注ぎ込んでいるものが、レスリーを変えていっていた。

感じるのは、恐怖だけではない。熱に乗って、快感も生まれていた。そしてその熱に体がなじんでくると、快感だけが残されることになる。

活性化し、ざわついている細胞が快感を取り込んで蠢いていた。

レスリーにとって長い時間が過ぎ、ようやく首が解放されると同時にアルヴィンが激しく動き出す。

「ひあっ！」

勢いよく突き上げられ、引き抜かれて、レスリーは甘い悲鳴をあげた。

体がやわらかくとろけていき、アルヴィンの荒々しいとも言える抽挿をなんなく受け止める。

腰を揺さぶる動きに同調し、一緒になって快感を高めていった。

「あぁ、あ、はぁ……んぅ」

奥深い部分を穿たれ、猛烈に求められるのは、たまらないものがある。アルヴィンが余裕なく、自分に夢中になっているのが嬉しくて仕方ない。

胸に膝がつきそうなほど深く突かれ、抽挿はどんどん速く、激しくなっていく。

レスリーもまた本能のままアルヴィンを求め、熱く高ぶった屹立に最奥を大きく、深く突かれることで欲望が弾け飛ぶ。

「――あぁあぁあっ……！」

「レスリー、レスリー……」

アルヴィンにきつく抱きしめられながら、名前を呼ばれた。

体内でアルヴィンのものが大きく膨れ、熱い飛沫をレスリーの体内に叩きつける。

それと同時にレスリーの体がカーッと熱くなり、アルヴィンの精気が全身へと広がっていくような感覚がある。

そのなんとも言えない感覚に浸っていると、アルヴィンの唇が降ってきて貪るようなキスをされた。

「んんっ……アル……」

レスリーの中で果てたはずなのに、アルヴィンの分身は硬いままだ。ドクンドクンと脈打って、存在感を示す。そしてレスリーの体は、それを悦んでいた。

初めての行為に息も絶え絶えで疲れているのに、オメガの本能がもっともっとと訴えている。

発情期の熱は、たった一回の射精では治まる気配がない。舌が吸われ、口腔内を舐め回されるキスから解放されたときには、再びアルヴィンが動き始める。

レスリーが放っているというフェロモンに中てられているのか、二度目でも余裕は感じられない。レスリーの体に耽溺し、がっついている感じだった。

自分だけが発情しているわけではないのは、ありがたい。レスリーの発情期をやり過ごすために付き合ってくれているのではなく、アルヴィン自身が夢中になっているのが嬉しかった。

好きな人に求められる喜びは、何ものにも代えがたい。

「アルヴィン……好き……」

レスリーが思わずといった感じで囁くと、アルヴィンがフッと笑って抱きしめてくれる。

「私も好きだ。可愛い、レスリー……愛している」

愛の言葉とともに大きく中を抉られて、甘い悲鳴が漏れる。

「ひあっ！　あん、あ、あっ……アル……アルヴィン……」

わずかばかり蘇った思考も吹き飛び、レスリーはまた全身で快感を追い始める。

唇を合わせて貪り、互いの肌をまさぐり、発情期の熱に浮かされて無我夢中のときを過ごす。

(熱い、気持ちいい……アルヴィン好き……)

その三つがレスリーの頭の中でグルグルと巡り、達しても達しても終わらない情欲に二人ともが翻弄された。

「あぁ、あ、あ……くぅ、ん……」

発情期に浮かされた高揚はいつまで経ってもなくならず、時間の感覚が失われていく。

今がいつなのか、何回達ったのかも分からず、レスリーはひたすら喘がされ続けた。

オメガの発情期は三日から五日——レスリーは気絶するように眠りに就き、朦朧とした意識の中で雛鳥のようにアルヴィンから給餌を受け、風呂にも入れられた気がする。レスリーを扱うアルヴィンの手つきはとても優しくて、大切なのだと、愛おしいのだと伝わってくる。

その間もレスリーは発情しっぱなしで、体力の限界と闘いつつ情交を重ねるといった感じだった。

肉体的にも精神的にも疲労が激しく、本気で死ぬかもしれないという不安が何度も頭を過る。発情期はあまりにも負担が大きいから、きちんと番を得て、発情期を起こさないようにという教えも納得の大変さだ。

射精だするけでなく中でも怖いほど感じて、次から次へと快感の波が押し寄せてきて——……。

(死ぬ……)

脳裏で強烈な火花を感じたレスリーは、ガクリと脱力して意識を失った。

★
★
★

初めての発情期は、教わっていた以上に大変なものだった。

体内で荒れ狂う欲望と熱情——快感は、過ぎれば苦痛になるのだと知った。

本気で死ぬかもしれない感じることも幾度かあり、眠っているとき以外はずっと喘いでいた気がする。

食事や風呂といったことは夢うつつのような状態の中、アルヴィンが世話してくれた。

アルヴィンはレスリーの発情期に付き合う形なのだが、基礎体力が違うから発情期もアルヴィン主導だ。

部屋に籠もりきりで甘く爛れた日々を過ごし、身も心もたっぷり可愛がってもらった末にようやく発情期は終わった。

気絶するように深い眠りに沈み込み、起きたときには久しぶりに頭がスッキリしている。

「し……死ぬかと思った……」

本音の呟きを、隣に寝るアルヴィンがクスクスと笑う。

「死ぬほど良かったということか？　オメガの発情期は、聞きしに勝る素晴らしさだったな」

「ボクは、本気で死ぬかと思ったよ……今も、頭はスッキリしてるけど体が動かない……」

体がとんでもなく怠くて、重く感じる。声をあげ続けた喉はヒリヒリするし、指を動かすのも億劫だ。全身が筋肉痛なのか、寝返りを打つたびに「いてて」と目が覚めた覚えがある。

箱入りであまり運動をしないレスリーにとって、発情期の営みは過剰すぎる運動だった。

発情期はもうこりごりだと思いつつ、身も心もたっぷり愛されるのは悪くない経験かもしれないとも思う。

「お腹空いた……」

「何か食べて、みんなに無事に番になったと報告しないとな。下に行って食事をもらってくるから、寝ているといい」

「はぁい」

どうせ、ろくに動けない。

レスリーは言われたとおり目を瞑って、空きっ腹に耐えた。

「いったい、何日経ってるのかなぁ。ずっと朦朧としてたから、分からないや」

一般的な発情期は、三日から五日。けれど個人差があるので、人によって変わってくるらしい。

「朝が来たのが……三回？　四回？　やっぱり、あんまり覚えてないなぁ」

アルヴィンに強烈なキスをされたあたりから、記憶が朧になっている。

それでもアルヴィンの肌、指の感触、愛撫——可愛い、愛していると熱く囁かれたことはちゃんと覚えていた。

「ひぃあぁぁ～。て、照れるぅ。ボクってば、ちゃんとアルヴィンに愛されてるぞ！　やったねー」

あまりにも唐突にきた発情期だったし、まさかこんなにも急に、こんな形で抱かれることになるとは思わなかった。

けれどすでに発情期に入ってしまった体は待ったなしで、アルヴィンに抱かれて番にしてもらわなければ治まらない状態だったのだ。

初夜の不安やドキドキなど感じている余裕はあまりなく——嵐のような快感に翻弄されるのみだった。

「話で聞くのと、実際に体験するのとじゃ全然違った……主に、レベルが。聞いてたレベルが１００なら、体感は１０００？　『すごく大変』とか、『すごく気持ちいい』じゃ全然足りないよなぁ。ものすごくものすごーく大変で、ものすごくものすごーく気持ち良かった……あぁぁぁ照れるぅ」

思い出すと、その熱さや甘さに身悶えしそうになる。

ボクってば幸せ者……とうっとり記憶を反芻していると、食事の載ったトレーを持ったアルヴィンが戻ってくる。

「お待たせ。食事だぞ」

「嬉しい。お腹空いたよー」

「まずは飲み物で、水分補給だ」

「うん」

力の入らない体をアルヴィンが優しく起こし、背中に枕を入れて凭れかかれるようにしてくれる。

果実水をもらって喉を潤し、食べやすいように一口大にカットされたサンドイッチを食べる。

「美味しーい。料理長め、新たなソースを作ったなー。ボクへの挑戦か」

サンドイッチに挟んであるのはローストビーフだが、使っているソースの味が教えたものとは違う。グレービーソースではなく、香草を使った爽やかなドレッシングのようなものだった。

「サラダ用に教えたドレッシングを改良したのか……むむ。やるなっ」

今や料理長はレスリーの教え子であり、父親が屋台や店を出すための参謀でもある。四十歳を超えて料理への情熱が蘇ったとかで、屋敷の厨房を回しつつ夢のお告げ亭のための料理人を選別、教育し、さらにレスリーの教えた料理にアレンジを加えることまでしている。

「これも美味しいな。レスリーの家の料理は、本当にどれも旨い」

「料理長ががんばってくれてるから」

「レスリーが発情期で大変だろうと、食べやすくて消化に良さそうなものをいろいろ作ってくれていた。レスリーは愛されているな」

「そ、そうかなぁ」

えへへと照れながらサンドイッチをお腹いっぱい食べ、ふぅと枕に深く凭れかかる。

「それでは、服を着て一階に行くとするか。レスリーの父上に報告をしよう」

「あぁ……はぁい」

体が怠いし、筋肉痛がひどいから動きたくないが、そうも言っていられない。レスリーとアルヴィンが発情期で閉じ籠もっていた間、父親や兄たちが面倒な事後処理をしてくれたはずなのだ。

レスリーはアルヴィンの手を借りて、「いてて」と言いながらなんとか身支度をする。けれどやはり歩くのは難しい状態なので、アルヴィンが抱き上げて運んでくれた。

書斎で仕事をしていた父親は、レスリーを見てやれやれと肩をすくめる。

「無事だったか……しばらく寝たきりになるかと思っていたんだが。結婚式は来年と言ったが、そうもいかなくなったな。忙しくなるぞ」

「そうですね。お願いします。レスリーはこのまま、うちに連れていきますので」

「えっ、そうなの？」

ずいぶん急な話だなと困惑するレスリーだが、父親は当然とばかり頷いている。

「すでに番になったんじゃ仕方ない。エドウィーナ嬢の腕輪を嵌めるのはうまくいったが、思わぬ誤算だったな」

「私としては、都合が良かったですけどね。結婚式を早めることができた」

「そのせいで、準備が大変なんだが。招待客を誘うのも……って、これはレスリーの美容用品を餌にすれば、他の予定をやめてでも来るか」

「ええ、みなさん、喜んで来てくれると思いますよ。結婚式は、社交シーズンの終わり頃でいいですよね」

「ああ、大忙しだ」

またまた聞いていない急な話に、レスリーの困惑は深まるばかりである。

「結婚式、今年にするの？」

「お前がうっかり発情期に入るからだろうが。すでに番になってしまった以上、一緒に暮らしたいだろう？　事情が事情だから非難されたりはしないだろうが、さすがに来年なんて悠長なことは言っていられない」

「うー……発情期は不可抗力だよ。すごく怖い思いをしたし、アルヴィンの格好いいところを見ちゃったし。本能刺激されまくり」

「命の危険を感じるほどではなかったはずだぞ。まったく、お前ときたら自分の欲望に忠実なやつだ」

「むーん」

言われて、そうかもしれないと思う。

子供の頃からずっと好きだったアルヴィンを、エドウィーナに取られるかもしれないという恐怖。アルヴィンが自分を手放す気はないと知ってホッとしたものの不安はなくならず、早く番になってしまいたいという欲求があったのは否定できない。

エドウィーナのダークミストが心底から怖かったのは本当だが、それをダシにして、これ幸いと発情した可能性はあった。

望みどおりアルヴィンに抱かれ、番になれて、レスリーは生まれて初めてと言ってもいいほどの幸福感と安息感に包まれていた。

番になる前と後では、まったく違う。ただ単に体を繋げたというだけでなく、文字どおり血肉をともにしている感じだ。

首筋に立てられたアルヴィンの歯から何かがレスリーの体内に入り込み、変異させた。そしてアルヴィンもまた、レスリーの何かを吸い取っていたような気がする。

（イメージは、吸血鬼かなぁ。体の弱いオメガも、番ができるとすこぶる健康になるって聞いたことあるし……ボクも絶対、前と違う体になってるよね）

結婚式が早まったことで忙しくなる父親には申し訳ないが、発情期はレスリーに心の安定をもたらしてくれた。

「そういえば……あのあと、どうなったの？」

「ああ、エドウィーナ嬢の闇堕ちは、寸前のところで防げた。しかし、黒く染まった髪や目の色は戻らなかったが」

「それは……公爵令嬢としては、すごく外聞がまずい気がするね」

「あれだけの人々の前で騒ぎを起こしたのだから、髪や目の色など今さらだろう。みなの前で、魔力封じの腕輪を嵌めさせたしな。……ああ、あの腕輪には、私も魔力を上乗せして、解除できないようにした」

「それなら安心ですね。公爵家の面目は丸潰れでしょうが、自業自得です。あんな事態を引き起こしかねないから、目立たないように魔力封じの腕輪を嵌めたほうがいいと忠告してありましたしね」

「本当になぁ。金をかければ普通の腕輪に見せかけたものも作れるわけだし、自業自得以外の何ものでもない。おかげでうちとしては、ずいぶんと点数を稼がせてもらったが。レグノの冒険者の優秀さを見せつけられたし、招待客は一人も怪我なく、かえって面白い出し物だったと上機嫌で手土産を持って帰ったからな」

その言葉に、レスリーはむむむと眉を寄せる。

「他人事だと、そりゃ面白いか……標的となったボクは、ものすごく怖かったのにっ。夢に見そうな鬼の形相だった……けど、発情期でどこかに飛んでいっちゃったな。トラウマ回避できてよかったけどさー。発情期がなかったら、本気でトラウマになってたかも……」

殺気と憎悪の塊のようなダークミストに、赤黒く血走った目とざわめく黒い髪……思い出すと鳥肌が立ってしまう。

あのまま一人で眠っていたら、エドウィーナの怨念に取り憑かれていたかもしれない。

「うう……怖かった……」

思わずといった感じでブルリと震えると、アルヴィンがよしよしと頭を撫でてくれる。

「あれに狙われるのは、確かに恐ろしいだろうな。かわいそうに」

「ああ、考えていた以上の代物だった。エドウィーナ嬢がレノックとレイモンドの結界を壊せるとは、思いもしなかったよ。レノックはともかく、レイモンドの結界はなかなかのものなのに。まぁ、だからこそより緊迫感のある、面白い出し物になったわけだが……あの夜会は、社交界で語り継がれるぞ」

ふっふっふっと嬉しそうに笑う父親に、レスリーはジトッと恨みの視線をぶつける。

「ああなると分かってて、エドウィーナ様を招待したのか〜っ」

「もちろんだ。すでにレスリーはエドウィーナ嬢の憎悪の矛先になっていたからな。ダークミストもコントロールできていなかったし。父親である公爵が何もしない以上、こちらでなんとかするしかない。エドウィーナ嬢のダークミストに付け狙われて、行動を制限され続けるのはいやだろう？」

「や、やだ……」

「万全の態勢を整えたうえで、衆人監視のもと腕輪をつける理由を見せつけるのが一番だったんだ。人々の前で原因と結果をはっきりさせておかないと、面白おかしく噂を広められてしまう」

「な、なるほどー……」

招待客を守るために、ダンジョン都市の市長という権限とコネを使って、B級以上の冒険者を集めてくれたのだ。中にはS級冒険者もいたとのことだから、たった数時間の警備に大枚をはたいたに違いない。

とんでもなく怖い思いをさせられたが無傷だし、もうエドウィーナに怯えなくてすむわけだから、文句も言えなくなってしまう。

「うー……事前に説明してくれるとかさぁ。そうすれば心の準備もできたし、あんなにパニックにならなくてすんだのに」

「お前の、あの怯えが必要だったんだ」

「ひどっ！」

しかしアルヴィンまで、うんうんと頷きながら言う。

「上位の冒険者を集めたあの場で、どうしても決着をつけたかったから仕方がない。他に被害が出れば、いくらレスリーが被害者といっても逆恨みされるかもしれないしな。

準備万端のあの場で、エドウィーナ嬢を挑発する必要があったんだ」

「分かるけど……分かるけど、すごく怖かったんだよ〜」

「よしよし、かわいそうに」

番になって、ドロドロの淫欲の時間を過ごし――アルヴィンはレスリーに甘々になっている。

両親もそうだが、アルファがオメガの番に甘いのは普通のことなので、父親の前でも堂々と甘やかす。オメガというのは守られ、甘やかされる存在なのだ。

「まぁ、そういうわけだ。エドウィーナ嬢が見事にこちらの思惑に乗ってくれたおかげで、予定どおり一気に問題が片付いた。レスリーの発情期は予想外だったがな。お前たちの結婚式はシーズンの終わり頃にするから、レスリーは招待客の引き出物を考えるように。今日みたいな、特別な品だ」

「はーい」

「特別」や「非売品」という言葉は人の欲をそそるので、招待状にその旨を書き添えて送ったら、快く来てもらえるに違いない。

レスリーとしても、自分の発情期のせいで結婚式が早まり、双方の家に迷惑をかけることになるので、できる範囲でがんばるつもりだった。

「結婚式かぁ……」

いきなり現実的になったなと、レスリーはにんまりする。

怖い思いはしたものの、おかげでアルヴィンの番になれた。ちゃんと正妻の座も射止められ、番らしくアルヴィンはレスリーを大切にしてくれる。来年の予定だった結婚式が早められるのは、レスリーにとって大歓迎だ。

（綺麗に着飾って、永遠の愛を誓っちゃう？　アルヴィンはボクのものでーすっていう意思表示、しまくっちゃう？）

そんなことを考えてニマニマしていると、父親に思いっきり溜め息をつかれてしまった。

「アルヴィンくん、このとおりまだまだ子供だが、レスリーを頼んだぞ」

「ええ、もちろん。そんなところも可愛いですからね」

「あばたもエクボで助かる。レスリー、番の色眼鏡がいつまでも続くといいな」

「父様、失礼！」

「事実だ。夢のお告げのおかげで使えるようになったものの、お前の基本的な性格はダメな子だからな」

「そこが可愛いんですけどね。できる子になったのは、私としては少し複雑な心境です」

「ああ、アルファはオメガの番を囲い込みたい願望があるものな。レスリーみたいな性格だと、なおさらだろう。ちょろちょろ動き回って、番としては心配で仕方ない」

「そうなんですよ。夢のお告げなんて見る前に、とっとと囲い込めばよかったかな……しかし、お飾りとはいえ他の女を娶るのはどうにも気が進まず……」

「自分に惚れてる女は厄介だ。かといって、お飾りにするならベータしかない以上、アルファの夫に惹かれないわけがない。……うん、面倒としか言えないな」

「エドウィーナ嬢ならおとなしいし、扱いやすいかと思ったのですが……」

「とんでもなく厄介な女だったな。あれは、私としても予想外だった。やはり、闇属性は要注意だ」

「ええ。レスリーに何事もなくて本当によかった」

エドウィーナのダークミストを思い出したのか、アルヴィンにギュッと抱きしめられてレスリーは頬を緩める。

婚約者という立場にありながらずっとアルヴィンに片想いをしてきたレスリーにとって、今の状況は夢のように幸せなのだ。どうにも顔がにやけてしまって困る。

すると父親がレスリーを不憫な子を見るような目で見てきて、先ほどより大きな溜め息をついた。

「番の目には可愛く映っても、他人から見ればお前のその顔はただのアホな子だからな。他ではしないように」

「付け入りやすく見えますからね」

アルヴィンはそう力強く頷くが、たぶん、父親の言いたいことは違う。みっともないから気をつけなさいという意味なはずだ。

(番の欲目って素晴らしいな！)

ダメな部分も可愛いに変換されるのがありがたい。

「……さて、それではそろそろ失礼します。うちの両親にも、報告しないと。レスリーを連れていきますが、よろしいですよね？」

「ああ。レスリーの服やなんかは、すでに届けさせてある。うちの子をよろしく、と伝えておいてくれ」

「承知しました」

アルヴィンは頷くと、膝に乗せていたレスリーを抱いたまま立ち上がる。そして書斎を出て、待機していたオルグレン家の馬車に乗り込んだ。

二頭引きの馬車は、一路、オルグレン家へと向かう。

「うーん……振動が腰に響く……」

「痛むのか？」

「ちょっと……」

王都は石畳なので、ガタガタと激しく揺れている。この世界には、ゴムもスプリングもないのだ。アルヴィンの膝の上だからずいぶんマシだが、ダメージを受けた腰にはつらいものがあった。

「本当はあのままベッドで寝かせておいたほうがいいのだろうが、さすがに私は自分の屋敷に戻らないとまずい。レスリーを置いていきたくないんだ」

「うん。ボクも置いていかれるのはいやだなぁ。番だもん」

ずっとなりたかった「番」という言葉に、うふうふしてしまう。こんなことが言えるなんて幸せだなぁと、うっとりしてしまうのである。

膝の上に乗るのも、逞しい胸に凭れかかってピッタリくっつくのも番の特権だ。

肩の力を抜いた何げないやりとりだって番になったからで、番って素晴らしいなぁと実感できる。

いちゃいちゃしていると到着するのもあっという間で、馬車がオルグレン家に着くと、アルヴィンの母親が出迎えてくれた。

「お帰りなさい。レスリーちゃん、大変だったわね」

「えーと……いきなり発情期になってしまってすみません」

不可抗力とはいえ、迷惑をかけたのは確かだ。

じっくり時間をかけて結婚式や新居となる部屋の準備をするはずだったのに、バタバタすることになってしまう。

「あんな騒ぎがあったのだから、仕方ないわ。あのダークミストは、本当に恐ろしかったもの。なんというか……本能を刺激される恐怖だったわね」

「ですよねー。思い出すと、ゾクゾクします……」

「あれだけの憎悪の標的となったレスリーちゃんは、さぞかし怖かったでしょう」

「はい。でも、アルヴィンがいてくれたし……あの青白い炎でダークミストを消してるの、格好よかったなぁ」

エドウィーナのことは思い出したくないが、アルヴィンの勇姿は目に焼きつけておきたい記憶だ。ワンセットなのが残念で仕方ない。

「とりあえず部屋を用意させたから、体を休めるといいわ。社交シーズン中に本宅のほうを改装、シーズンが終わったあと、王都の屋敷の部屋を好きにいじってね」

「はい、ありがとうございます」

突然の発情期のせいで、やはり予定が変わってしまっている。

申し訳ないと思うものの、アルヴィンと離れるのは絶対にいやなので、すみませんけどお願いしますという気持ちだ。

アルヴィンが連れていってくれた部屋は、淡い水色と薄紅色の壁紙が上品な内装だった。

置いてある家具も丸みを帯びたものが多く、全体的にやわらかな印象である。

「……この部屋、好きかも」

「両親が、当主になる前に使っていた部屋だ。さすがにベッドは入れ替えているが」

「そうなんだ……ボク、別にこのままでもいいよ。アルヴィンは？」

「私も問題ない。夫婦用の、寝室が二つあることが重要だからな。それに、浴室も」

「………」

寝室が二つあると便利なのは、発情期でいやというほど思い知った。

何しろ、何回射精してもなかなか熱が治まらないので、シーツはすぐにしわだらけになってしまう。だからこそ、寝室を換えている間にシーツを交換してもらえるのは、素晴らしく効率的だった。

アルファとオメガの番は互いに激しく求め合うものだから、ほぼ毎晩のように営みがあるという。いちいち廊下に出なくても部屋を換えられる、夫婦用に中で繋がった二つの寝室が必要なのだ。二人で横になっても余裕たっぷりのベッドもありがたい。

やわらかな寝具の上に下ろされ、レスリーは体から力を抜く。

無理をしたせいで体のあちこちガタガタなので、わずかばかりの移動とはいえずいぶんな疲労を感じていた。

「発情期の反動、大変……」

「私にとっては楽しい時間だったが、レスリーには少々きつかったな。番になった以上、発情期の心配はもうしなくていいぞ」

「うん」

「だがそれも、ちゃんと番としての営みをしてこそだ。レスリーの体が回復するまで入れることはしないが、間が空きすぎるとまた発情期に突入してしまう」

「その期間も、『個人差による』だから困るんだよねぇ。基本的にオメガの体質は、全部『個人差による』なんだもんなぁ」

誰かれ構わず誘い、アルファですら逆らえないという発情期は厄介なものだ。

昨年――エドウィーナの存在を感じ取って怒り、アルヴィンを取られるかもしれないと怯えたレスリーは、発情期のフェロモンでアルヴィンを誘惑することも考えていた。

フェロモンは相手を夢中にさせ、虜にする力がある。アルヴィンだって、例外ではないはずだ。だからレスリーがもっと切羽詰まった状況だったら、その欲求に負けたかもしれない。

けれど、そんなふうにフェロモンでアルヴィンを自分のものにしても、アルヴィンの心は手に入れられない。むしろアルヴィンの性格からして、切り捨てられる可能性のほうが高そうだった。

それでも失うよりは……と思ったり、欲しいのはアルヴィンの体だけでなく心もだから……と思ったり。今思い返すと、健気《けなげ》だなぁなんて考える。

「……あぁ、本当に夢みたいだ。シーズン前まで、婚約破棄をされるか、軟禁されて子産みマシーンかも……なんて思ってたのに」

「婚約破棄はしないが、軟禁のほうは実際に考えていたな。レスリーももう十八歳だから、うちで一番日当たりがいい部屋を改装させるべきかと考えていた」

「怖っ！　うー……危ないところだった……」

レスリーが絶対に避けたいと思っていたことを、アルヴィンは本気で考えていたらしい。

オルグレン家の屋敷は魔の森の近くだし、町壁の外には魔物が出没する。次の町への道中も安全とは言いがたいから、転移室を使わないかぎりレスリーの逃げ道はない。

一番日当たりがいい部屋を選んでくれたのに愛を感じるべきかは微妙だった。

「誰にも会わせず、私だけ待ちわびるレスリーというのも楽しみだったんだが……残念だ」

「こ……怖いんですけどぉぉぉ」

アルファの思考は突き抜けていたりするので、要注意だ。なまじ金も権力もあるだけに、可能なのが怖い。

そもそもレスリーはアルヴィンが好きなわけだし、アルファとオメガの関係性からして依存させるよう仕向けるのは難しいことではない気がした。

「危なっ。本当に危ないところだった……ボク、アルヴィンのこと好きだけど、軟禁はいやだから！　部屋に閉じ込められたら、おかしくなっちゃうよ」

「レスリーが気の多いタイプでなくてよかった。あちこちの男によそ見をするようなら、十五歳になるや……もしかしたら、もっと前にもらい受けて監禁していたかもしれない」

「おおぅ。監禁にグレードアップした……良くも悪くもアルヴィンしか見てなくてよかった……」

「悪くはないだろう」

ムッとした顔のアルヴィンに言われるが、一途なのもなかなか大変だったのだ。

レスリーが大きくなるにつれてアルヴィンは冷たくなっていき、甘い誘いをかけてくるのがアルヴィンならいいのに……と思ったこともたびたびあった。いっそ他の、自分を好きだと言ってくれる人を好きになれたらいいのにと思ったこともある。

「小さい頃からアルヴィン一筋でさ――……でも、大きくなったらアルヴィン、ボクに冷たくなったし……。夜会で会っても、最初のダンスだけしていなくなられるのは悲しかったよ。まぁ、そのあと、アルヴィンは他の人とダンスはしてないから、それはホッとしたけど」

「私も、レスリー一筋だったからな」

レスリーは子供のなりふり構わずさでアルヴィンを求め、アルヴィンはレスリーへの欲を抱えつつ求めていた。

レスリーがいつまでも子供だったせいで危うく側妻にされるところだったが、ずいぶんと前から両想いなのは間違いない。心と体を通わせたあとで、改めて気持ちを確認できるのは悪くないものだった。

目と目を合わせ、フフフと笑う。

「夢のお告げに感謝だなぁ。おかげで、アルヴィンと番になれた」

「レスリーの番を譲る気はなかったが、こうして一緒にいられるのは確かに夢のお告げのおかげだな。運が良かった」

「だねー」

ベッドの上でアルヴィンに抱き寄せられ、ピッタリとくっついている。

アルヴィンの手は優しくレスリーの髪や肩を撫で、その気持ち良さにレスリーが猫ならゴロゴロと喉を鳴らしているところだ。

嵐のような発情期のあと、こんなふうにゆったりとくっついていられるのが幸せだなぁと思う。

(番っていいなぁ)

レスリーは発情期後のろくに動けない体で、うっとりとアルヴィンの指の感触に浸った。

「なんだか、眠くなってきたなぁ……」

「疲労が溜まっているんだろう。回復するまで、たくさん眠るといい」

「うん……一緒にいてくれる?」

「もちろん」

笑って腕枕をされ、アルヴィンのぬくもりと匂いとに包まれる。

（うー、幸せ！）

無意識のうちに頬が緩み、これが夢だったら本気で泣ける……などと考える。

レスリーはギュッとアルヴィンにしがみつき、背中を撫でる優しい手にうっとりしながらゆるゆると幸せな眠りに入っていった。

END

お茶会

★　★　★

アルヴィンの番として、レスリーがオルグレン家に居を移して数日。

番となったアルヴィンは、これまで我慢していた鬱憤を晴らすように溺愛してくれた。

毎夜の愛の営みはもちろんのこと、ちょっとした仕種にアルヴィンの愛を感じる。

朝の目覚めは額や頬、唇に触れる優しく甘いキス。うっとりするような幸福感で目を開ければ、アルヴィンが微笑んでいる。

焦がれ、夢見たシチュエーションはあまりにも幸せすぎて、本当に夢だったらどうしようと不安になるほどだ。

けれど夢見心地はそのあとも続き、アルヴィンに抱きしめられておはようの挨拶をし、それから一緒に身支度をする。

朝食のためにダイニングルームに移動する間もアルヴィンの手はレスリーの腰を抱き寄せ、離そうとしない。

そしてそうした態度は一緒にいる間ずっとで、アルファ同士のアルヴィンの両親には微笑ましそうな視線を向けられた。

フワフワした気持ちでこれは夢じゃないんだなぁと思い、レスリーが生活に慣れ始めた頃、王妃からお茶会への招待状が届いた。

公式なものではなく、あくまでも小規模で私的なお茶会とのことだが、オルグレン家は大慌てだ。

「まぁ、どうしましょう。王妃様の私的なお茶会なんて、大変な名誉よ」

「辺境伯夫人と、未来の辺境伯夫人への招待状……これって、ボクもということですよね？」

「ええ、もちろん。むしろ、私がついでだと思うわ。私的とはいえさすがに男爵家の子息を誘うのは難しいから、苦肉の策ではないかしら」

「……ということは、やっぱり目当ては美容用品？」

「そうでしょうね。クラーク家の夜会の手土産であるナイトクリームがとても好評で、社交界はその話で持ちきりなのよ。あれ、素晴らしい効き目だもの。連日の夜会で疲れたお肌も、ツルツルになったわ～」

義母となる人は、うふふと嬉しそうに笑って自分の頬に触れている。

「それじゃ、ナイトクリームをお土産に持っていけばいいですか？」

「できれば、王妃様用に特別なものをお渡しできるとさらに喜ばれるとは思うけれど……お招きは明日ですもの。時間がないわ」

「ですよねぇ。ボクの研究室、レグノにあるからなぁ。馬車で王都のうちに行って、レグノの屋敷に転移してって、ちょっと面倒。……うん、今回はナイトクリームを手土産ってことで」

「そうね。それにしても、レスリーちゃんの美容用品は大したものだわ。王妃様はとても理性的な方なのに、欲しくて我慢できなかったのね」

「女性にとって、美容は大切ですもんね〜。王妃様は人に見られる立場だし」

王妃はふんわりとした金色の髪が美しいオメガの女性で、隣国から嫁いできている。可愛らしい感じの女性なのだが、男爵家の三男でしかないレスリーは、王城での夜会で遠くからしか見たことがなかった。

辺境伯夫人である義母も挨拶の言葉くらいしか交わしたことはないというのに、いきなりのお茶会への招待なのだから、侍女たちまで浮き立つのも納得である。

「奥様、レスリー様、お召し物はどれになさいますか？　髪飾りや装飾品も決めませんと」

「王妃様は淡い水色がお好きだから、それは避けましょう。ああ、レスリーちゃんとのバランスも考えたほうがいいわね。レスリーちゃんのクローゼットを見せてちょうだい」

「はーい」

義母のドレスを完璧に把握している侍女と三人でレスリーの部屋へと移動し、あれやこれや相談しながら服を選んでいく。髪飾りや装飾品についてはお揃いにしようということで、オルグレン家のものを使うらしい。

「ちょっと大胆に、ルビーの首飾りと耳飾りはいかがでしょう？　レスリー様には、ブローチを」

「それもいいけれど、真珠で揃えるのも素敵よ。ああ、エメラルドもいいわね」

二人とも目を輝かせ、張りきっている。どうやら長くなりそうな打ち合わせに、レスリーは「すべてお任せします」と言ってそうそうに逃げ出した。

今のレスリーの一番の仕事は、自身とアルヴィンの食生活の向上のため、オルグレン家の料理人たちを鍛えることだ。

父親には料理を教える許可をもらっているし、アルヴィンの父親も大喜びで賛成してくれた。結果、料理人たちは新たにかなり厳しい罰則つきでの守秘義務の契約をさせられたらしい。おかげで食べたいものを気兼ねなく作り、教え込むことができる。

「今日の夕食は、チキンのトマト煮込み〜。付け合わせにポテトフライが欲しいな」

料理長に必要な食材を用意してもらうと、狩ったばかりだというコカトリスが出てくる。まだ羽もむしっていない、丸のままの状態だ。

「んー……鑑定」

前世の記憶を取り戻してからというもの毎日たくさんの鑑定をしているので、レベルが素晴らしく上がっている。

巨大なコカトリスの頭から鑑定していくと、新鮮だから内臓も美味しく食べられると分かった。

「うわぁ〜い。そしたらレバーパテを作って、他のは豆汁で煮つけようかな。モツ煮込み、大好き。……料理長、内臓も食べられるから、傷つけないように解体させてください」

「内臓を食すのですか？」

「はい。これは新鮮だから大丈夫って、鑑定に出ているので。解体してくれれば、食べられる部分と食べられない部分はボクが鑑定します」

「かしこまりました」

解体するところは見たくないし、幸いにして専用の場所がある。

レスリーは他の料理人たちと一緒に、ポテトフライの下拵えを始めた。

「ついでに、明日の昼食用に大量に剥いちゃおうか。オークの余り肉と合わせて、コロッケにしよう」

「いいですね。ということは、ソースも作らないと」

「あっ、それじゃあ、そっちは俺がやります」

「よろしく～」

前世でもソースは作ったことがなかったが、いったいなんでできているのか興味が湧いて調べたのが記憶に残っていた。

さすがに市販されていたソースのようにはできないものの、この世界にとっては画期的なものが作れたとは思う。パンにコロッケとキャベツを挟んでソースをかけた昼食は大好評で、また食べたいと言われていたのである。

優秀な料理人たちは一度作ったことのあるコロッケの手順をきちんと覚えていたので、レスリーは料理長に手伝ってもらってトマト煮込みのほうを作り始める。

これは初めての料理だから、料理長も、下拵えをしている料理人たちも興味津々の様子だった。だからレスリーは、彼らにも聞こえるよう声を張って説明をしながら作る。

「大量のトマトとニンジン、玉ネギを切って、大鍋で炒めま～す。ニンジンと玉ネギが苦手な場合はみじん切りでもいいけど、ちょっと大きめのほうが食べごたえがあるかな」

「ふむふむ」

「いい感じに煮えたら、塩胡椒で味を調えま～す。あと、砂糖で甘みを足して、最後に隠し味の豆土を入れてコクを出すと美味しいで～す」

コンソメやブイヨンといった便利なものがないので、苦肉の策だ。

ナイトクリームはここでもいい働きをしてくれて、東の辺境伯夫人に定期的に渡すという約束のもと、優先的に味噌と醤油を譲ってもらっていた。おかげでケチケチすることなく使えて嬉しい。

料理長と二人で味見をしていると、アルヴィンがやってきて後ろから抱きしめられる。

「これが、今日の夕食か？」

「うん、そう。コカトリスのトマト煮込み……ちょっと味見してみます？」

「ああ」

レスリーはアルヴィンをくっつけたまま小皿にトマトソースをよそい、アルヴィンの口元に運ぶ。

「……うん、美味しい。これをパンにつけるだけでもいいくらいだ。私は、トマトは酸味が強くてあまり好きではなかったんだが……」

「火を通すと酸味が弱くなるし、砂糖も少し入れてるから。これでコカトリスを煮込むと、コカトリスの出汁が出て美味しいんですよ～。あと、内臓料理を二品。こっちも絶対美味しいから、楽しみにしてください」

「内臓料理？」

いやそうに眉を寄せてるアルヴィンに、レスリーはクスクスと笑う。

「大丈夫。ちゃんと美味しく作ります。今日のコカトリスは新鮮だし、下処理をきちんとすれば内臓は美味しいんですよ」

「レスリーがそう言うのなら、楽しみにしていよう。毎日、美味しいものを食べさせてもらっているものな。前は食事などどうでもいいと思っていたが、今は楽しみで仕方ない」

「ふふ。夢のお告げが役に立ってよかった。ボクは戦闘じゃ役に立たないから、料理とポーション作りをがんばりますね」

そのためにオルグレン家の屋敷の一室を、レスリーの研究室にするべく改装中だ。必要な素材なども集めてくれているらしい。

実家であるレグノとの利益関係もあるので、そのあたりは双方の父親が、領主と市長として話し合っている。だからレスリーは難しいことを考えず、用意された研究室で美容用品やポーションを作るだけだ。

「レスリーの料理は、充分役に立ってくれているぞ。屋敷詰めの兵士たちも恩恵にあずかっているからな。あのコカトリスも、レスリーに料理してほしいと本邸から転移で送られてきたものだ」

「あ、だから新鮮だったんですねー」

「このトマト煮込みは、明日本邸のほうで作られるのではないかな？」

その問いに、料理長が頷く。

「はい。レスリー様がお作りになられた料理は、復習を兼ねて本邸でも作るようにしておりますす。さすがにレスリー様と同じ味にはできませんが、それでも素晴らしく美味ですので、みな喜んでいるようです」

「食事の向上は、士気にかかわってくる。訓練にも身が入り、魔の森での狩りも張りきっているせいか、今までよりうまくいっているとのことだ。分かりやすく効果が出ているな」

「レスリー様の料理が食べられるのは、オルグレン家とクラーク家に勤めるものの特権ですから」

やり手の市長である父親は、料理人を二人ほど派遣してきている。交代でオルグレン家の厨房に入り、レスリーの作る料理のレシピをレグノへと持ち帰るのだ。

「レスリーは可愛いうえに料理上手で、最高の番だ。レスリーが来てから、屋敷の雰囲気が明るくなった」

「そ、そうかなぁ」

アルヴィンに褒められ、チュッと頬にキスをされて、レスリーはえへへと照れる。

快く迎え入れてもらうために、使用人たちにはハンドクリームを配っている。王都の店は大繁盛で、すぐに品切れになってしまうから大いに喜ばれた。おかげでみんな、ニコニコの歓迎ムードである。

未来の辺境伯夫人として、受け入れてもらえたと思う。

なんとしてもアルヴィンの番という立場を死守したいレスリーなので、今のこの状況は嬉しくて仕方なかった。

何しろ、アルヴィンに後ろから抱きしめられ、チュッチュッと頬にキスをされる新婚さん状態だ。

料理人たちは目を逸らし、黙々と自分の作業に専念してくれている。

「アルヴィン、お仕事は？」

「残念ながら、まだ終わらない。キリがいいところで、休憩にしたんだ」

「そっかー」

そのわずかな休憩時間にわざわざ会いに来てくれたのかと思うと、へにゃりと顔が緩んでしまう。

レスリーはクルリと向きを変えると、アルヴィンに抱きついた。そしてギュッとしがみついてアルヴィンの匂いを吸い込み、うっとりとする。

番の匂いは、格別だ。

こうしてアルヴィンの腕に包まれ、その匂いを嗅いでいると、それだけで幸せを感じられる。

アルヴィンの短い休憩時間、レスリーはアルヴィンと抱きしめ合い、甘く優しいキスをした——。

END

あとがき

こんにちは〜。このたびは「崖っぷちΩは未来の伯爵をモノにする」をお手に取ってくださり、どうもありがとうございます。

今年、初めてのふるさと納税をしました。愛する伊豆に、使い道は「観光」指定で。以前はよく、パソコンを抱えて二泊三日でガッツリ仕事をしに行ったものです。宿は、「アワビの踊り焼き」付きを選んで、美味しい海の幸と温泉で癒されつつひたすらパソコンに向かうという……最初の頃は三泊四日だったのですが、最終日に頭痛がしてつらいので二泊三日にしました。誘惑のない空間（仕事用のノートパソコンはネットに繋げないようにしてあります）での仕事は、恐ろしく進むんですよ。あまりにも集中しすぎて、二泊しかできないのが難ですが。

ふるさと納税の返礼品は金目鯛のしゃぶしゃぶをチョイス。頭と骨で出汁を取って、切り身をしゃぶしゃぶ……すっごく美味しい！　野菜もたっぷり摂れるし、なんて贅沢なお味？　ふるさと納税いいわ〜と思いながら、説明書に従って雑炊までしっかり楽しみました。あー、美味しかった。

イラストは、いつもありがとうございますのこうじま奈月さん。まだキャララフと表紙しか見ていませんが、アルヴィンが怖くてナイスです。魔王様感が出ていて、なんとも素敵（笑）私のアルファのイメージは、こういう感じなんですよ。迫力がありすぎて近寄りがたいというか、大物オーラが出ているというか。見ている分にはいいけど、一般庶民としてはお近づきにならなくてもいいなと思ったり。いろいろ面倒くさそう……その他大勢のほうが楽でいいと考える私。アルファの番になるためには、図太さや鈍感力も必要なんじゃないかな～と思うわけです。レスリーはアルヴィンに惚れ込んでいるし、図太さもしっかり持ち合わせているので大丈夫。キラキラオメガらしく、麗しく描いてもらえて嬉しいです。金色の髪と瞳の色が綺麗だなぁ。本になって、扉や中のイラストを見るのが楽しみです！

ああ、オメガバース、楽しい♪　なんといっても私的には、「男でも出産できる」というのが一番大きいです。普通にＢＬを書いていた大昔から、男でも子供を産めないものか……と思っていたので。何しろ、イロモノ道を突っ走ってきましたからね。男同士で子供ができるなんて、大好物ですよ。それに加えて、今回はファンタジーにちょこっとだけダンジョン要素をプラス。魔物からのドロップ品とかポーションとかですね。女性読者にはあまり馴染みがないかと思い、薄～くなりました。本当はレスリーの従魔にスライムを出したかったのですが、そんな余地はまったくありませんでした。スライム可愛いし、粘液が化粧水とかに使えそうだな～と思ったんですけど。残念。

オメガバースは楽しいのでこのあとまだしばらく続くと思いますが、今後ともよろしくお願いします。

若月京子

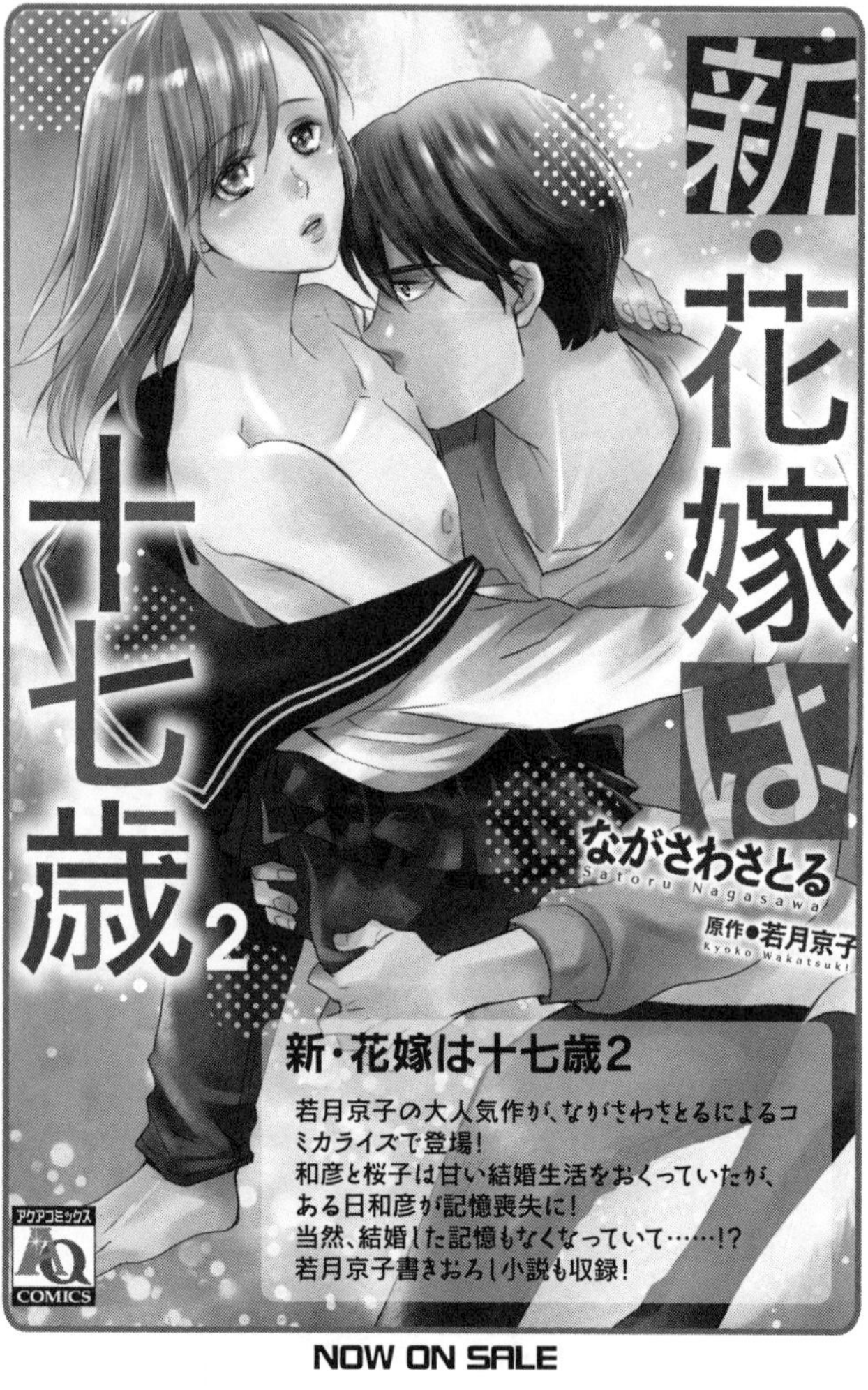
新・花嫁は十七歳2
ながさわさとる
Satoru Nagasawa
原作●若月京子
Kyoko Wakatsuki
新・花嫁は十七歳2
若月京子の大人気作が、ながさわさとるによるコミカライズで登場!
和彦と桜子は甘い結婚生活をおくっていたが、ある日和彦が記憶喪失に!
当然、結婚した記憶もなくなっていて……!?
若月京子書きおろし小説も収録!
アクアコミックス
AQ COMICS

NOW ON SALE

プリズム文庫をお買い上げいただきまして
ありがとうございました。
この本を読んでのご意見・ご感想を
お待ちしております!

【ファンレターのあて先】
〒153-0051 東京都目黒区上目黒1-18-6 NMビル
(株)オークラ出版 プリズム文庫編集部
『若月京子先生』『こうじま奈月先生』係

崖っぷちΩは未来の伯爵をモノにする

2021年01月29日 初版発行

著　者　若月京子
発行人　長嶋うつぎ
発　行　株式会社オークラ出版
　〒153-0051 東京都目黒区上目黒1-18-6 NMビル
営　業　TEL:03-3792-2411 FAX:03-3793-7048
編　集　TEL:03-3793-6756 FAX:03-5722-7626
郵便振替　00170-7-581612(加入者名:オークランド)
印　刷　中央精版印刷株式会社

 ISBN978-4-7755-2950-8